AF576365

L’embuscade

« Accent tonique »

Collection dirigée par Nicole Barrière

« Accent tonique » est une collection destinée à intensifier et donner force au ton des poètes pour les inscrire dans l'histoire.

Dernières parutions

MESSAGES PORTÉS PAR LA FUMÉE
Sharif Al-Shafiey

TENIR LA TRAINEE D'UN ASTRE
Fouad Chardoudi

LE GRIOT DES TEMPS MODERNES
Daouda Mbouobouo

JOURNAL DE LA PIE
Rodolfo Häsler

LA BLESSURE DE L'ŒIL
Geneviève Cornu

ECRIT DANS UN MIROIR
Andrés Morales

LES SALTIMBANQUES, LE GRAND EXODE ET AUTRES RECITS, *NOUVELLES*
Costas Valetas

LE CAHIER. LE CHANT SÉMANTIQUE.
CHOIX DE TEXTES 2004-2009
Éric Dubois

ALORS DIT-ELLE ; ECAILLES ALEXANDRINES
Mona Latif-Ghattas

RISEES DE SABLE
Jacques Hermann - Maria Zaki

Behare Reshat SAHITAJ

L'EMBUSCADE

Roman

Préface d'Hélène Stafford

L'Harmattan

© L'Harmattan, 2016
5-7, rue de l'École-Polytechnique ; 75005 Paris
http://www.harmattan.fr
diffusion.harmattan@wanadoo.fr
harmattan1@wanadoo.fr
ISBN : 978-2-343-07091-9
EAN : 9782343070919

Ce roman est basé sur une histoire vraie

Préface

'Pourquoi l'amour est-il mystérieux ?' 'Où est l'amour qu'on a lu dans les romans ?' Ainsi se déclinent, au fil d'une histoire, les multiples questions que font surgir les relations complexes entre hommes et femmes, entre une héroïne fragile, déjà courbée - malgré la jeunesse de ses vingt-sept ans - sous le fardeau de la souffrance et de la culpabilité, et les hommes qui la désirent. Dans l'après-guerre menaçant d'un Kosovo dont la mémoire collective est encore à vif, Donika incarne la vulnérabilité et les multiples traumatismes, aussi bien psychiques que physiques et sociaux, d'un pays qui peine à se reconnaître. Si, depuis trois ans, la guerre est finie, les répercussions du conflit retentissent jusque dans les comportements quotidiens : '[…] après la guerre la mentalité a changé : on s'adresse aux inconnus par 'monsieur' ou 'madame' mais on ne dit plus 'ma sœur' ou 'mon ami'.

Behare Reshat Sahitaj a réussi, dans l'histoire touchante de Donika, en partie témoignage, à entremêler avec succès celle de son pays, trois ans après la guerre, et celle d'une jeune femme qui cherche en vain à découvrir le sort de son mari, disparu durant les conflits. Elle hante les fosses communes et les cimetières, cherchant 'un refuge dans les recoins extrêmes du monde de son âme en vivant dans le passé.' Tout au long du roman, l'auteur élabore une réflexion sur les limites du réel et ses frontières poreuses avec le surnaturel. Autour de l'adjectif 'magique' qu'il privilégie, il établit avec justesse l'instabilité et le peu de fiabilité de notre appréhension du monde. Les apparitions, les prémonitions, les hallucinations et visions dont Donika fait l'expérience ne sont-elles que l'envers magique de la réalité ? Seraient-elles, comme parfois l'héroïne se le demande, des signes de démence, ou plutôt, d'après la voyante Hana, 'un autre segment du monde mystérieux. Cela n'a rien à faire avec la folie' ?

À cet univers opaque, inquiétant et cependant fascinant s'oppose le contexte militaire du pays, envahi par les soldats étrangers, leur présence une constante irritation pour la population. Ainsi la relation de Donika avec deux militaires français évoquera-t-elle une réaction brutale de la part de certains jeunes Kosovars, pour lesquels elle n'est qu'une 'putain qui mérite une punition.' Et la surprise finale, la résolution du mystère de l'enlèvement et du viol de la jeune femme, ferment la boucle que crée le roman : les paradoxes complexes de l'amour et de l'obsession du désir réapparaissent, sous leurs formes à la fois les plus inquiétantes et les plus attirantes. Le pouvoir magique de l'amour retrouve sa place dans un monde brutal, hanté par la guerre et la mort. Le nouvel amour que découvre Donika est '[…] un miracle que le bon Dieu, dans sa bienveillance, lui accordait peut-être comme récompense des souffrances qu'elle avait endurées jusqu'alors.' 'Ce n'était pas un amour ordinaire, mais une union qui devait être arrangée par des forces magiques ou surnaturelles.'

Toute la force de ce roman, de son histoire poignante, se trouve donc concentrée dans ce questionnement tour à tour émerveillé et perplexe, cette réflexion tendre, passionnée et parfois désabusée sur la nature de l'amour, et son opposé : la haine, la violence et la mort. Comme le dit l'un des personnages, 'le plus magique, pour moi, c'est l'amour. L'âme même de la vie.' Et cependant, 'dans l'amour, tout est absurde', 'rien n'est normal'. Et si l'amour pour un homme se manifeste, chez Donika, comme ‘une mélodie et une énergie d’amour accumulée, petit à petit, dans son âme’, elle reconnait aussi que ‘il n’y a pas d’amour sans risques. Il faut affronter les dangers de la vie’. Son ultime amour, par-delà celui qu’elle éprouve pour le Français Jean-Marie, est cependant celui qu’elle porte à sa patrie. ‘Je ne pourrai jamais quitter mon pays. Je ne pourrai pas vivre sans ces splendides paysages’. La magie des hauteurs, des couchers de soleil, de la montagne où elle se rendait tous les jours, de la mélodie monotone des cigales, est profondément enracinée dans son âme, malgré la présence militaire qui désacralise ces cimes chargées de signification et de souvenirs. Pour Donika, l’amour de son pays est lié à l’amour qu’elle porte à Jean-Marie. Si culpabilité et trahison ont laissé des traces profondes dans l’esprit de la jeune femme, et dans la société kosovare, l’amour, multiforme, magique, est présent à la fin du roman. La mort, évoquée dans les dernières lignes, apparait dans une ultime vision apocalyptique, pour se dissoudre dans une réalité soudain miraculeuse et pourtant ordinaire : les bras de son amant, sa présence tangible, un destin dans lequel l’attente est enfin abolie, la culpabilité gommée, les contradictions profondes de son âme et celles de son pays, comme résolues, les tabous renversés. ‘C’était un jour ensoleillé de la dernière semaine d’octobre’. Cela se passait devant la fontaine du centre de Prizren.

Hélène Stafford

CHAPITRE I

Donika paraissait étrange ces derniers temps, elle restait isolée du monde, ne parlait plus et ne saluait personne. Son mutisme faisait parler son entourage, les commérages parlaient de folie, d'envoûtement, de toutes ces histoires que l'on peut déduire de ce que l'on ignore. Elle avait juste mis sa vie entre parenthèse pour œuvrer à la recherche de son mari, les politesses lui paraissaient inutiles. Chaque après-midi à cinq heures précises elle sortait de chez elle pour se rendre à la montagne en traversant les ruelles de son village. Elle gravissait jusqu'au sommet pour s'y asseoir et contempler le coucher du soleil. Elle n'adhérait à aucune religion mais accomplissait ces gestes comme un rituel, comme une prière qui l'aiderait à surmonter cette épreuve. Le regard figé devant ce spectacle quotidien, elle murmurait les mêmes phrases, chaque soir, accompagnées des mêmes sanglots. Des larmes, des cris intérieurs qui l'étouffaient, qui lui bloquaient la respiration. Elle questionnait le ciel aussi.

- Qu'ai-je donc fait, criait-elle.

Seul son silence marginalisait Donika, pour le reste elle demeurait la même, elle prenait toujours autant soin d'elle, de sa tenue, de son maquillage. Mais les villageois fidèles à leurs mauvaises habitudes avaient trouvé de quoi enrichir les conversations des mauvaises langues. Donika était belle, même les hommes se plaisaient à parler d'elle. Ils espéraient obtenir des informations leur permettant de

la conquérir et les femmes essayaient de la tenir éloignée de leurs maris en lui attribuant toutes sortes de réputations. Donika travaillait dans une école comme professeur de français, pour un salaire misérable.
Après avoir terminé les cours dans son école, elle prenait sa voiture et elle partait en direction de la montagne. Au pied de celle-ci, elle garait sa voiture au parking et faisait le reste du chemin à pied. Le sommet atteint, elle restait assise, les yeux mouillés, sans parler. Une heure plus tard, elle descendait, reprenait la voiture et partait s'isoler dans sa chambre. Elle n'en ressortait que le lendemain pour aller travailler au Lycée. Cependant, malgré sa réclusion, Donika continuait de visiter son frère.
Au début, son frère Arben avait tenté plusieurs fois d'entrer dans sa chambre pour lui parler, mais en vain. Inquiet, il guettait devant sa porte afin de deviner ses mouvements, mais une fois couchée, elle ne bougeait plus. Il n'entendait que le craquement du lit quand elle s'allongeait. Les premières semaines, il avait peur qu'elle se suicide, puis avec le temps il s'était habitué à son silence. Il avait parlé avec sa femme de son inquiétude, et demandait à son épouse d'inviter Donika le plus souvent possible. Il justifiait sa bienveillance auprès de sa femme par la honte qui les menaçait, si Donika venait à se suicider seule chez elle ; il devrait affronter cette terrible honte. Si elle avait eu des enfants, tout aurait été très différent. Sa belle famille se serait occupée différemment de Donika. Sans enfants, Donika ne représentait rien pour elle. Dès le début du mariage, ses beaux-parents n'avaient pas aimé Donika. Son mari Astrid n'avait jamais dit à sa femme pourquoi ses parents ne l'aimaient pas. Donika n'avait jamais insisté non plus auprès de son mari pour savoir pourquoi ils la haïssaient autant. Elle se contentait de l'amour que son mari lui donnait. Elle pensait que, les années passant, leur haine s'adoucirait, voire disparaitrait,

mais elle augmentait de jour en jour. Ils disaient d'elle, qu'elle était une femme trop libre, trop facile, et l'accusaient de ne pas vouloir d'enfants uniquement pour garder sa beauté.
La première année de son mariage, Donika leur apportait des petits cadeaux mais ils les refusaient et, parfois, ils les jetaient devant elle. La deuxième année, elle a perdu patience : pourquoi être gentille avec eux? La troisième année, les relations ont empiré et ils ont commencé à l'accuser ouvertement.
- Notre fils est un con, si tu avais un autre mari, il t'aurait jetée dehors! lui dit un jour le beau-père sans la regarder en face. Leurs regards ne s'étaient jamais croisés.
-Tu a pris le meilleur fils de cette ville! Après avoir couché dans les lits de tous les autres, tu as manipulé notre fils!
- Je sais tout, comment tu as ensorcelé mon fils pour qu'il te prenne pour femme. Mais la magie ne durera pas toujours, un jour notre fils va se libérer de ton envoûtement et il va te quitter. Le jour où ta magie ne fonctionnera plus, il verra la vérité en face : que tu es une femme facile et que tu ne lui donnes pas d'enfants. Crois-tu qu'il t'aime plus que son père et sa mère qui lui ont donné la vie? Jamais! Tu te trompes! Je connais bien mon fils, il te quittera et tu te traîneras comme une chienne. C'est mieux pour toi de t'en aller avant qu'il ne te quitte.
Donika ne répondait pas à leurs injures quotidiennes. Elle s'enfermait dans son monde. Elle ne savait pas pour quelle raison ils la haïssaient. Elle avait fait l'amour avant le mariage comme toutes les jeunes filles de son âge, mais Astrid le savait. Elle était amoureuse de lui et voulait passer le reste de sa vie avec lui. Elle voulait avoir un enfant de lui mais, après les résultats des analyses à la clinique, Astrid ne pouvait pas avoir d'enfant et tous ses

espoirs de maternité s'étaient envolés. C'était leur secret. Ils n'avaient jamais parlé avec les parents des résultats de ces analyses.
La quatrième année de leur mariage, ils avaient acheté un appartement à Prizren, non loin du Lycée où Donika travaillait. Les parents d'Astrid n'avaient jamais mis les pieds dans leur nouvel appartement.
Les parents reprochaient souvent à leur fils les promesses qu'il leur avait faites enfant ; quand il serait grand, il ne se séparerait jamais d'eux, il prendrait soin d'eux et il leur achèterait plein de choses. De toutes ces promesses enfantines, rien, et, selon eux, il avait complètement oublié qu'il avait des parents vivant tout près de chez lui.
Donika ne prêtait aucune attention aux rumeurs, ni aux soucis de son frère, qui, chaque fois qu'il trouvait l'occasion d'entrer dans sa chambre, la fouillait de fond en comble. Il menait une réelle investigation sur l'état psychologique de sa soeur. Il voulait s'assurer que sa soeur allait bien, et qu'elle n'avait aucune idée noire dans la tête. Il regardait les titres de ses livres pour voir si leur sujet traitait de dépression ou de suicide. Très curieux, il soupçonnait même une cachette bien gardée en-dessous du matelas. Il y trouva des coupures de presse soulignées, des articles qui parlaient des disparus et des exécutions de la dernière guerre au Kosovo. Pour lui, tout était normal. Après tout, elle s'intéressait au sort de son mari ; depuis que les policiers l'avaient embarqué dans leur voiture, elle n'avait aucune nouvelle de lui. Un an après la guerre, les articles sur les disparus étaient de plus en plus rares.
Après avoir tout contrôlé, il remettait soigneusement chaque chose à sa place, pour qu'elle ne remarque rien.
Donika ne pouvait rien entreprendre pour retrouver la trace de son mari disparu. Elle savait que les disparus de guerre, on ne les retrouvait jamais vivants, et cependant, au fond d'elle-même, elle gardait toujours un espoir.

Donika était devenue un sujet de conversation pour tous les habitants de Prizren. On pouvait entendre dire qu'elle était devenue complètement folle, d'autres préfèraient lui attribuer une relation secrète, qu'elle entretenait à la montagne où elle se rendait régulièrement à dix-sept heures. Sa beauté faisait tourner les têtes des hommes pauvres et riches. Donika n'avait pas encore vingt-sept ans, mais elle avait un corps svelte, de longs cheveux caressant son dos, et ses yeux bleus illuminaient sa peau bronzée par le soleil méditerranéen.

- Que penses-tu mon cher ami, est-ce que Donika a trouvé un homme pour adoucir ses nuits ? demandait Uran, un homme d'une quarantaine d'années, à son voisin de table.

Sa question avait pour but d'en savoir un peu plus sur les relations de Donika. Si elle était encore seule, il pensait tenter sa chance. Il savait qu'avec son salaire de professeur, elle ne pouvait pas s'en sortir, tandis que lui, propriétaire des trois pompes à essence, il pourrait se rapprocher d'elle plus facilement que les autres concurrents. Si elle n'avait personne, Uran était persuadé que mettre Donika dans son lit était chose faite. Quelle fille peut résister à l'appel du gain ? Uran avait déjà des maîtresses très jeunes et même plus jolies que Donika. Cependant, Donika l'obsédait, elle était devenue son objectif principal après ses pompes à essence.

- Tu crois que Donika attend ton invitation ? lui demanda son ami Alban après avoir bu une gorgée de bière.

Alban était aussi propriétaire d'une pompe à essence, qu'il avait ouverte grâce à l'aide d'Uran. Durant l'embargo en Serbie, Uran fournissait l'armée serbe pendant la guerre en Croatie et en Bosnie. Pendant la guerre du Kosovo, il fournissait l'armée serbe et l'armée kosovare. Après la guerre il était devenu le plus grand patriote, et on le voyait dans les journaux déclarer comment il avait donné de l'essence à l'Armée de Libération du Kosovo et saboté

l’armée serbe. Immédiatement après la guerre, il gagnait encore plus, parce qu’il ne fournissait que les libérateurs du Kosovo et depuis que les partis politiques s’étaient multipliés, il donnait de l’essence gratuitement à chaque parti politique. Au plus petit parti, il donnait cinq mille litres par an, et plus les partis étaient grands, plus il leur en donnait. Il côtoyait ainsi tous les chefs politiques.
- Je ne te cache pas, que si Donika couche avec moi, je lui donnerais tout ce que j’ai gagné dans la journée.
- Elle n’est pas comme ça!
- C’est une femme comme toutes les autres.
- Toutes les femmes ne sont pas les mêmes. Il y a des femmes qui courent vers les hommes riches, des femmes qu’on manipule facilement, mais Donika n’est pas de cette catégorie.
- On disait la même chose pour Bukurié, mais tu l’as vue...
- Tu as tort, dit Alban, qui connaissait Arben, le frère de Donika. Alban voulait empêcher son copain de coucher avec Donika. Il la voulait pour lui seul, mais si Uran était dans le coup, alors Alban n’aurait aucune chance avec elle. Toutes les jeunes filles tombaient dans son piège, et si Uran ciblait Donika, elle pourrait céder pour une raison ou une autre, pensait Alban.
Lui qui avait déjà élaboré une stratégie pour s’approcher de Donika, voilà que son copain tout à coup s’intéressait à elle. Pourquoi lui, qui avait assez de jeunes maîtresses, se mêle-t-il de mes affaires, se disait-il tout bas. Il fallait qu’il élimine Uran, l’un de ses concurrents. S’il avouait son amour pour Donika, Uran ne s’y intéresserait plus, alors comment lui dire qu’il aime bien Donika ? Comment lui dire qu’il a déjà entamé des manoeuvres d’approche en entrant en contact avec son frère, pour acquérir la belle sans qu’elle ne doute de la ruse?
De temps à autre, Alban aidait matériellement le frère de Donika. Il achetait du riz, du sucre et divers produits

nécessaires pour sa famille, sans laisser l'impression que tout était fait pour s'approcher de sa soeur. Depuis son enfance, il aimait secrètement Donika, mais il n'avait jamais eu la force et le courage de lui dire.
En envoyant des vivres à Arben, il savait qu'il sensibiliserait le coeur de Donika. Il passait énormément de temps, dans ses pensées, à planifier chaque détail, chaque mot qu'il lui dirait le jour où il l'inviterait au restaurant. Ce jour-là, il n'avouerait pas directement son amour, il attendrait la seconde rencontre pour lui ouvrir son coeur, qui ne battait que pour elle depuis si longtemps. Si par malheur elle refusait, l'espoir de toute sa vie prendrait soudainement fin. Alban était prêt à tout pour éviter cette dernière option; si Donika n'était pas réceptive à ses approches, il prévoyait une méthode moins noble. Son dernier recours serait d'utiliser des pilules aphrodisiaques qu'il avait commandées en Allemagne et qu'il gardait toujours sur lui.
Alban gardait toujours un oeil sur Donika, chaque jour il voyait Arben, il lui offrait à boire. Arben lui disait que sa soeur s'enfermait dans sa chambre et ne voulait plus parler à personne. Il le questionnait discrètement pour savoir si elle fréquentait un homme.
La première fois qu'il a vu Donika, c'était un premier septembre, à leur rentrée au Lycée. Il l'avait ensuite suivie jusqu'à l'Université de Pristina sans avoir jamais la force et le courage de lui dévoiler son amour. Même ses amis proches ne se doutaient pas qu'il l'aimait ainsi.
Ses pensées lancinantes pour Donika remplissaient toutes ses nuits, il voulait en finir, être courageux quelle que soit l'issue, mais il procrastinait : pas aujourd'hui, mais demain, c'est sûr et certain, je l'arrête et je lui dis tout. Ainsi, les jours passaient doucement, sans qu'Alban ne lui révèle jamais les sentiments qui le rongeaient de l'intérieur.

Il avait trop peur de la perdre : si elle ne voulait pas, que lui dire alors ? Si elle disait non, il ne pourrait plus jamais s'approcher d'elle. Il ne pourrait plus boire le café du matin près d'elle. Il ne pourrait plus discuter avec elle des examens de la semaine suivante.

La dernière année de ses études, il avait décidé d'en finir. Un beau matin, il avait mis ses plus beaux vêtements, et il était allé à l'université en empruntant le chemin qu'effectuait Donika chaque jour devant le restaurant "la Symphonie". Il avançait, excité, nerveux, son coeur battait tous les rythmes jusqu'à ce qu'il la vît. Son coeur avait atteint son dernier tempo, un battement fort et intense, qui lui martelait la poitrine. Donika était là, devant lui, tenant un autre dans ses bras, son futur mari. Le temps s'était arrêté, les larmes avaient noyé ses yeux et soudain, dans un bruit sourd, son coeur avait perdu la cadence; la musique s'arrêtait là.

Donika ne s'était même pas rendue compte qu'Alban était là. Mais ce matin-là était resté gravé dans sa mémoire. Il vécut avec cette scène comme un rappel incessant de son incapacité à dévoiler son amour.

Leurs chemins se séparèrent. Alban quitta l'université. Plus rien ne comptait pour lui. A quoi bon continuer ses études si la fille qu'il aimait n'était plus près de lui? Il s'était inscrit que pour être près d'elle. C'était à ce moment-là qu' Alban était allé chercher de l'aide auprès d' Uran afin de commencer à vendre de l'essence.

Après avoir obtenu son diplôme, Donika avait trouvé du travail au Lycée de Prizren.

Lorsqu'Alban avait appris la disparition du mari de Donika, il était bien décidé à ce que, cette fois, elle soit à lui. Il ne devait pas rater cette chance. Son espoir avait refait surface.Il était fort probable que son mari avait été tué par les Serbes comme tant d'autres hommes. Son amour de jeunesse renaissait. Il décida de ne plus avoir

peur d'elle, mais dès qu'il prononçait son nom, il ne contrôlait plus ses émotions, comme si elle avait quelque chose de magique ; son nom même était magique. Il la comparait à un ange. Cette fois il ne devait pas la rater, il ne serait plus question de pleurer. Non. Cette fois, son désir allait se réaliser.
Alban toisait son ami Uran, et dans son regard on pouvait sentir la haine. Cet homme qui l'avait aidé à devenir riche, il le haïssait de toutes ses forces. Il jalousait sa puissance, sa richesse et surtout cette assurance de pouvoir attirer Donika. Même si pour lui l'amour ne pouvait s'acheter, il savait que l'on ne s'unit que très rarement par la force seule de celui-ci.
Uran représentait son pire ennemi, il était le monstre qui risquait de lui prendre sa bien-aimée. Il voulait lui dire que Donika lui appartenait, mais il restait silencieux. Il décida d'aller le plus vite possible chez Arben, en espérant que Donika soit là, pour enfin lui parler. De toute façon, il avait assez d'argent pour satisfaire tous ses désirs. Si elle le voulait, il pouvait lui acheter une belle voiture, l'emmener chaque soir au restaurant, aller en vacances. Il était prêt à sacrifier toute sa richesse pour elle. Si Donika savait quelle vie l'attendait à ses côtés, elle dirait oui tout de suite. Mais comment lui dire tout cela ? La connaissant, elle répondrait qu'elle n'est pas à vendre. Elle était pauvre mais fière de ce qu'elle avait fait de sa vie.

- Quelle fille peut résister à une vie pareille ? se demandait-il à mi-voix.
- Que dis-tu ? interrogea son ami Uran.
- Rien du tout! Tu as trop bu et tu as cru que j'avais parlé.
- Mais non, je suis sûr que tu as parlé. Tu as dit quelque chose mais comme j'étais en train de songer à la manière d'aborder Donika, je n'ai pas compris ce que tu disais, ajouta Uran.

Alban savait que quand Uran voulait quelque chose, il allait jusqu'au bout. Alban chercha alors à changer le sujet.
Oui, je te demandais si je dois fournir la KFOR française en essence cette semaine.
- Fais comme tu veux, tu connais ça mieux que moi.
- Je voulais dire, est-ce qu'avec les Français on peut mélanger de l'eau à l'essence, comme on le fait pour la population ?
- Non, pas aux soldats de la KFOR! On gagne déjà assez avec les nôtres, répondit Uran et il commença à rire très fort. Avec lui, les autres autour de la table riaient aussi sans raison.

CHAPITRE II

Donika était en haut de la montagne où elle se rendait tous les jours.

Elle observait les nuages sans prêter attention aux magnifiques couleurs du coucher du soleil. Les nuages essayaient d'empêcher le soleil de s'en aller. Ils jouaient, pour elle, avec le soleil comme les parents jouent avec leurs enfants ; un jeu de cache-cache avec les rayons faibles de fin de journée.

Un vent doux venait caresser sa peau, un souffle de fraîcheur sabrait la chaleur de cette journée. Le vent rassemblait ses longs cheveux en arrière en dégageant son visage comme pour admirer sa beauté. Elle regardait au loin un endroit plein de fils barbelés. Ils n'y étaient pourtant pas avant, elle les auraient remarqués. On les avait sûrement mis la veille ou pendant la nuit. Pour la première fois depuis deux ans, son esprit s'intéressait au présent, une curiosité l'occupait. Que pouvait-il se passer à cet endroit aussi éloigné et complètement isolé du reste du monde ?

De loin, elle voyait des camions de la KFOR française, des jeeps, des soldats et des hélicoptères au-dessus de ce camp bien entouré et bien sécurisé.

Le camp se trouvait à trois kilomètres de la montagne. Tous ces mouvements attiraient davantage l'attention de Donika. Elle apercevait des soldats qui déchargeaient les camions; le contenu était bien empaqueté. Les soldats

disparaissaient, ensuite, par une porte dissimulée sous un rocher. Ils en ressortaient les mains vides. Les hélicoptères continuaient à surplomber la montagne tandis que les gardes étaient multipliés autour des fils barbelés. Elle avait fait quelques pas pour descendre vers la ville. Elle s' approcha du mince ruisseau qui coule toute l'année, tombe sur les rochers et continue vers les maisons de la ville.
Le ruisseau coule depuis des siècles d'une roche immense, et personne ne sait où se trouve sa source inépuisable. Les habitants disaient que cette roche date de l'arrivée d'Achille. Depuis ce temps à Prizren, les parents donnent le nom d'Achille aux nouveau-nés et cette tradition perdure encore aujourd'hui. Des légendes et de nombreuses chansons en ont été inspirées. On racontait qu'Achille avait rencontré une jolie fille juste à la source de ce ruisseau et en était tombé amoureux. De nos jours encore, une autre légende dit qu'Achille a rencontré un beau garçon et qu'il l'a emmené avec lui à la guerre de Troie. Lorsque ce garçon est tombé sous les flèches de l'ennemi, Achille a pleuré et au même instant, le ruisseau a commencé à verser des larmes provenant de ce grand rocher. Mais la véritable histoire de ce ruisseau, personne ne la connait. Cependant, une chose est certaine, c'est que le ruisseau coule bel et bien du rocher aujourd'hui encore.
Donika en profitait donc pour se rafraîchir, en mouillant son visage et ses cheveux, avant de reprendre son chemin vers la ville.
- Stop!
Elle entendit d'une voix tonitruante. Elle se retourna mais ne vit personne.
- Ne bougez plus ! ordonna la voix qui provenait d'un buisson.
Donika commença à trembler de peur. Elle venait ici si souvent sans jamais croiser personne.

Elle était seule et sans défense. Elle avait peur ; ici tout pouvait lui arriver sans que personne ne le sache.
Soudain, deux soldats avec des fusils automatiques sur la poitrine, se tenaient devant elle.
- Que faites-vous ici ?! dit en français un des soldats.
- Rien! Je me promène! répondit Donika en français, d' une voix très douce.
- Avez-vous lu les signaux ? Il est interdit de passer dans cette zone.
- Oui, mais je fais cette promenade depuis des années, bien avant les signaux.
La présence d'une femme dans cette zone interdite à la population autochtone accrut les soupçons des soldats.
- Vous parlez bien notre langue !
- Je suis professeur de français au Lycée, ici dans cette ville.
Comme Donika parlait leur langue, les soldats abandonnèrent leur ton menaçant et lui expliquèrent que les montagnes recèlaient encore des mines que l'armée serbe avait laissées derrière elle. Ils notèrent son adresse, son lieu de travail et son numéro de téléphone. Dans de pareils cas, les soldats sont obligés d'emmener au poste les gens qui s'aventurent dans la zone. Pour Donika ils firent une exception et la laissèrent partir. Peut-être que sa beauté ou sa connaissance de la langue française avaient joué en sa faveur, sans doute les deux. Ils la ramenèrent jusqu'à sa voiture garée au pied de la montagne, et ils lui dirent de ne plus jamais remettre les pieds ici. La montagne était interdite aux habitants tant qu'elle ne serait pas totalement déminée.

CHAPITRE III

Il était neuf heures du soir quand Alban sonna à la porte d' Arben. Il gara sa “Mercedes” devant la maison et salua Arben qui attendait son invité.
Ils s' installèrent dans le jardin où se trouvaient une table et des chaises en plastique.
Arben cria aux enfants de ne pas toucher la voiture toute neuve d'Alban.
- Laisse, les enfant jouent, dit Alban pour paraître aimable.
Alban voulait aller droit au but.
- Arben, je sais que tu traverses une phase difficile financièrement. Toi et ta femme, vous ne travaillez pas, en plus tu as ta soeur à ta charge. Je t'ai apporté quelques vivres, elles sont dans la voiture. Je t'en prie, tu ne dois pas te sentir offensé, mais sois sûr que je t'aide comme j'aiderai mon propre frère. Plus tôt je ne pouvais pas t'aider, parce que j'avais des dettes, mais maintenant je peux.
Pendant qu'il parlait, Alban maîtrisait son débit et prenait de plus en plus confiance en lui. Il parlait tellement bien que lui-même fût surpris. Tout de suite après, il sortit de sa poche mille cinq cent marks (DM). Il ajouta : ‘mille, c'est pour ta famille et cinq cent pour ta soeur Donika. Je pense qu'elle en a besoin aussi en ce moment, et cet argent peut l'aider à ne pas tomber dans les pièges d'hommes

malhonnêtes et manipulateurs. Si cela devait arriver, tout se retournera contre toi.'
Arben ne savait pas quoi lui répondre. Il n'avait jamais imaginé qu'un jour on viendrait l'aider sans contrepartie. Comment refuser cette aide si généreuse ? Alban ne demandait rien en retour. Et puis, ils se connaissaient depuis fort longtemps.
- Je suis vraiment ... je suis vraiment dans une crise ... mais quand dois-je te rembourser ?
- Non, non, tu ne dois jamais me rembourser. Alban, sans attendre une réponse, est allé vers la voiture, il a ouvert le coffre pour en sortir toutes les choses qu'il avait achetées. Viens m'aider, on va les mettre à l'intérieur, lui dit Alban.
Tout en sueur, Arben se leva et commença à décharger la voiture. Juste à ce moment, Donika arriva et gara sa voiture près d'Alban.
Donika ferma sa voiture à clef, fit un geste de la tête et ses cheveux se déployèrent dans son dos. Au lieu d'aller directement dans sa chambre, Donika prit place sur une chaise de jardin. C'est la première fois depuis trois ans, que Donika s'asseyait à côté de son frère, surtout en présence d'un autre homme.
Arben se doutait que Donika consultait un psychologue de 'Médecins du Monde', présent au Kosovo après la guerre. Il n'avait jamais vu un tel changement dans son comportement depuis la disparition de son mari. Mais il décida de ne pas en parler. L'aide d'Alban venait juste au bon moment et il ne fallait pas la refuser. Et puis s'il travaillait, il pourrait le rembourser petit à petit. Il se disait qu'il y a des jours où tout va de travers et d'autres où tout va bien.
Les enfants emportaient tout à l'intérieur : le sucre, l'huile, les bananes et le reste. Arben prit l'argent sur la table du jardin, il compta cinq cents marks et les donna à sa soeur.

- Cette somme est pour toi, et le reste est pour la famille. Alban nous l'a donné pour nous aider à vaincre cette crise dont on ne pouvait sortir.
Alban n'avait jamais ressenti en lui une telle fierté. Il n'avait jamais pensé utiliser son argent pour apporter un peu de bonheur à une autre famille.
Pour la première fois il ressentait le bien qui dérive l'altruisme.
Donika jeta un regard amical vers Alban et elle lui souriait du coin des lèvres. De cinq cents marks elle ne prit que cent, et laissa le reste pour les dépenses de son frère et de sa famille.
Le regard et le sourire de Donika troublèrent Alban, mais il regarda Arben, comme s'il voulait montrer qu'il s'intéressait plus à sa famille qu'à elle. Non, elle ne devait rien soupçonner de son plan qui, pour l'instant, semblait fonctionner comme prévu. En effet il n'avait jamais imaginé que Donika serait là, juste au moment où il donnait l'argent et le coffre plein de vivres.
Les cheveux de Donika étaient en pagaille parce qu' elle n'avait pas pris la peine de se recoiffer après les avoir mouillés dans le ruisseau.
Alban l'observa discrètement du coin de l'oeil ; il remarqua que sa beauté n'avait pas changé depuis les années où ils s'étaient vus de si près. Il n'était pas sûr qu'elle l'ait reconnu. Il croyait toujours qu'il était le même jeune homme, mais comme Donika ne donnait pas l'impression de le reconnaître, peut-être avait-il fort changé physiquement, cela ne lui plaisait pas. Il aurait voulu lui rappeler que c'est lui, Alban, qui était toujours près d'elle au Lycée et même à l'université, mais il hésitait. Elle devait le reconnaître elle-même ; mais si elle ne le reconnaissait pas, c'était peut-être à cause de son état mental, pensa t-il.

- Au nom de ma famille et en mon nom, je te remercie pour tout ce que tu as fait pour nous! lui dit Arben.
- Quand ta famille se trouve en crise, crois-moi, je ne me sens pas bien non plus. Avant de m'en aller, je voulais te proposer de venir travailler dans une de mes pompes comme vendeur, si ça te plait. Je sais que tu es un intellectuel et que vendeur, ce n'est pas un travail pour toi, mais je n'ai rien d'autre. Je te paye un salaire de trois cent marks, pareil à un salaire de professeur.
Il n'avait pas prévu de lui offrir du travail, mais quand il vit le regard de Donika et son petit sourire, il continua dans son élan, et il appréciait l'occasion de se montrer comme sauveur. De plus, il garderait un contact permanent avec elle.
- Merci Alban, tu as toujours été un gentleman et je vois que tu n'as pas changé depuis le temps qu'on se connaît, dit Donika d'une voix douce.
Alban ne put rien dire. Il resta muet, ému qu'enfin Donika le reconnût ; elle n'avait pas oublié le garçon qui était toujours à côté elle. Et c'était la même émotion et le même comportement qu'au temps de la jeunesse : muet avant, muet maintenant.
Pour Arben, ce moment fut le plus beau de sa vie, mis à part la Libération. Il se sentait vraiment libre et libéré. Dans sa joie, il n'avait pas remarqué qu'Alban s'était levé et s'en allait.
Donika se leva et lui dit “Merci mon cher ami”.
Alban roulait sans but précis. Il ne voulait pas rentrer, mais ne voulait pas non plus aller rejoindre ses copains au café et fêter ce moment. Il fit plusieurs tours dans les rues de Prizren, sans s'apercevoir qu'il roulait depuis plus d'une heure. Rien ne le dérangeait, ni les piétons qui traversaient aux endroits interdits, ni les voitures qui roulaient trop doucement...

Mon plan n'est pas exécrable, se justifiait-il ; j'aime Donika, je la veux pour femme. Si elle doit tomber amoureuse de quelqu'un, pourquoi d'un autre? Si elle allait avec Uran, ce serait pire, parce que lui, non seulement, il ne lui donnerait rien, mais en plus il raconterait à tous ses amis le moindre détail salace de ses nuits avec elle.
Alban imaginait le jour où elle viendrait dans son lit d'amour ; il planifiait déjà la fête du mariage et les centaines d'invités. A aucun moment il ne pensait à sa femme et à ses deux enfants. Non, rien ne le pertubait, c'était comme s'ils n'existaient pas. Son amour pour Donika n'avait jamais cessé d'exister dans son coeur. Il attachait beaucoup d'importance au mystère de l'amour. Pour lui, l'amour ne pouvait laisser personne indifférent, et son incapacité à remédier aux blessures de ce monde énigmatique le troublait d'autant plus. Sa philosophie, c'était que les femmes tombent amoureuses d'hommes qui n'ont rien d'attirant physiquement. Chez le mari de Donika, il ne trouvait rien de bon, et pourtant Donika en était follement amoureuse. Qu'est-ce qu'elle lui trouvait à lui, et pas à Alban ? Cette question le hantait. L'amour est à la fois formidable et tellement mystérieux. Il y avait pourtant de jolies filles qui lui tournaient autour, mais Donika était unique. Devant elle, il se sentait petit, il se mettait dans tous ses états. Il avait analysé le problème de l'amour sous tous ses angles et il ne comprenait toujours pas pourquoi Donika était plus attirée par Astrid. Il aurait compris, s'il avait été acteur de cinéma, mais non, il n'avait rien de mieux qu'Alban. Il haïssait son mari au point d'espérer sa mort. Il vivait avec cette blessure dans le coeur, ouverte le jour où il les vit s'embrasser près du restaurant “La Symphonie”, et jamais cicatrisée. Il gardait cette haine secrète comme une honte inavouable.

Tous ces tumultes lui faisaient dire que dans l'amour rien n'était normal. Comment pouvait-il être normal de se marier avec une femme qui vous aime pendant que vous en adorez une autre ?
Les histoires d'amour qui l'entouraient étaient toutes aussi absurdes. Il repensait à ses amis de fac : Besa, par exemple, qui couchait si passionnément avec Besnik et qui avait fini par se marier avec Driton, et pourtant tout le monde était au courant que Besa avait tenté de se suicider lorsque Besnik l'avait trahie. Besa était-elle vraiment amoureuse de Driton avec qui elle avait des enfants, ou faisait-elle semblant ? Il pensait à toutes les combinaisons amoureuses possibles. Pourquoi l'amour est-il si mystérieux ? Selon lui, la réponse résidait dans le mensonge : personne dans ce monde ne se marie avec celui ou celle qu'il aime. Tout le monde fait semblant. Il voulait justifier sa propre vie, son incapacité à vivre l'amour. Mais Donika était de retour, il était temps d'effacer ces pensées noires et d'essayer de penser autrement. C'était difficile car il doutait très fort que Donika puisse l'aimer autant que lui l'aimait. Même s'il parvenait à entamer une relation avec elle, cesserait-elle d'aimer son mari ? Alors à quoi bon aimer une femme si elle en aime un autre ? Il ressassait ainsi ces pensées sans jamais apaiser son esprit par une réponse satisfaisante.
Pendant qu'il roulait dans les rues de la ville, un instant il se posa cette question :
Pourquoi suis-je si euphorique?
Elle lui avait juste adressé la parole, rien de plus. Cette fois, il ne laissera plus ses doutes le freiner, il avait décidé de croire à l'inexpliquable. Il pensait qu'il devait faire tout son possible pour gagner sa sympathie, et alors tout doucement elle viendrait à lui. Avec l'idée qu'elle serait un jour à lui, il s'endormit.

CHAPITRE IV

A l'aéroport de Pristina un avion militaire français venait d'atterrir, il était très différent des avions que les Kosovars avaient l'habitude de voir. En effet l'avion était plus grand, il était de couleur plus foncée avec un drapeau français. Pour l'arrivée de cet avion, il y avait un grand nombre de militaires français dans le hall d'entrée et partout aux alentours.

L'aéroport se trouve à quelques kilomètres de la capitale et il sert aux départs et arrivées des avions militaires et civils. Souvent il arrive que les avions civils ont des retards de deux heures et plus jusqu'à ce que les avions militaires libèrent la seule piste existante.

Ce mercredi de juin, à deux heures exactes, la sécurité de l'aéroport avait ordonné à tous les Kosovars de quitter la salle d'attente, parce que leur avion à destination de Dusseldorf aurait trois heures de retard. Tous les voyageurs avaient dû se mettre hors du bâtiment de l'aéroport, d'où ils ne pouvaient rien entendre ni voir. Pour les Kosovars, rien d'inhabituel, mais un petit groupe d'allemands, devant ce geste inhumain, avait immédiatement insisté pour avoir des explications, mais on n'avait même pas écouté leurs demandes.

- Ne poussez pas! Nous ne sommes pas des animaux! a dit un homme qui semblait avoir près de vingt-huit ans.

- Ferme ta gueule! lui a répondu un homme en uniforme et il a poussé de toutes ses forces l'homme qui se plaignait.
- Je suis un citoyen allemand, et tu n'as aucun droit de me pousser comme ça ! cria l'homme en brandissant fièrement son passeport allemand.
- Moi aussi. Ferme ta geule et ne me cherche pas! répondit l'homme en uniforme.
En un clin d'oeil le hall de l'aéroport s'était vidé.
Sur la piste de l'aéroport, il y avait de nombreux camions, des jeeps et des soldats français déchargeaient l'avion qui venait d'atterrir. Une dizaine de soldats français et parmi eux trois femmes, regardaient les centaines d'autres soldats décharger l'avion pour tout mettre dans des camions militaires.
Après avoir tout déchargé, la colonne autoblindée française prit la direction de la sortie, quand un soldat russe braqua soudain son arme en direction du premier camion et ordonna le contrôle des camions français .
Le premier camion s'arrêta devant le soldat russe et toute la colonne après lui. Le soldat russe demanda l'autorisation et la liste du matériel que les Français avaient dans leurs camions.
De tous les bruits sur la piste on n'entendait que le bruit des camions à l'arrêt. Le soldat russe prit fièrement sa radio pour appeler du renfort puisque l'aéroport de Pristina est sous le contrôle de la Russie.
Au milieu de la colonne des camions et des jeeps, un officier français aux cheveux gris, s'approcha du soldat russe et avec un ton doux lui dit :
- On n'a pas de temps à perdre avec votre administration. Nous sommes très pressés. Je vous en prie, libérez le passage!
- Personne ne peut passer sans que je contrôle! répondit le soldat en anglais.

En avant ! ordonna l'officier français au premier camion et ensuite la colonne suivit, puis passa la piste et entra sur la route en direction de Pristina. De loin, on voyait les chars russes qui venaient de la piste de l'aéroport mais la colonne des camions français se trouvaient déjà hors de portée de la zone russe.
Les voyageurs kosovars attendant leurs avions près de la route pouvaient voir les colonnes de camions français et les chars russes trois kilomètres derrière eux. Personne ne savait ce qui se passait ni ce qui allait se passer. Les Kosovars, curieux de tout, comme à leurs habitudes, construisirent alors des scénarios selon leur imagination.
- Les Français se préparent pour une nouvelle guerre au Kosovo ! dit un homme, qui, l'année suivante devait prendre sa retraite.
- Avec qui vont-ils faire la guerre ? demanda un autre Kosovar
- Je n'en sais rien. Mais il y aura encore une guerre.
- Occupe-toi de tes affaires. Va en Allemange, prend ta retraite et reste tranquille ! lui répond un jeune homme.
- Vous les jeunes, vous ne savez rien faire, sauf aller aux putes et ne pas travailler.
- La guerre est terminée ! Finie !
- Tu es encore un enfant ! Tu ne sais pas ce qu'il y a sous la terre de cet aéroport, lui a répondu le vieux en essuyant sur sa figure la sueur qui coulait jusqu'à l'intérieur du col de sa chemise blanche, serré par une cravate qui ne s'accordait pas avec le reste de sa tenue. En dessous de sa chemise, il avait mis son pyjama et au-dessus de sa chemise, un pull, car en Allemagne, il fait froid, disait-il. "Ici, sous de nos pieds et jusque là-bas, dans la montagne, il y a des "Mig 21", que Milosevic n'a eu pas le temps de ramener en Serbie. C'est pour ça que les Russes sont ici, pour garder les avions de combat serbes.
- Tu les a vus ? demanda le jeune homme.

- Non !
- Alors pourquoi tu parles sans savoir ?
- Puisque que tu prétends tout savoir, dis-moi pourquoi les Russes ont occupé notre aéroport avant les Anglais et et les autres armées de l'OTAN ?
La voix du garde de sécurité de l'aéroport interrompit cette conversation de voyageurs.
"Ceux qui voyagent pour Dusseldorf peuvent aller dans le hall d'entrée".
Tous le monde se précipita vers l'entrée.
Non loin, la colonne de camions militaires français poursuivait sa route vers Pristina mais à la colonne s'ajoutaient des chars français stationnés tous les cent mètres au bord de la route.
Les habitants autochtones avaient déjà vu des chars qui faisaient un bruit immense sur les routes, mais jamais des chars avec de grands pneus qui avançaient plus vite que les voitures.
Une jeep avec un phare lumineux ouvrait la voie de la colonne de camions et de chars français.
Sur le premier char qui suivait la jeep, un soldat armé surveillait les alentours.
La chaîne prit le tournant près de l'hôtel "Aviano" pour rejoindre la ville.
Le soldat sur le char ordonna aux voitures civiles de s'écarter et de laisser passer le groupement militaire.
En tournant, le char écrasa une voiture mal garée et entra sur la route principale asphaltée.
Les habitants voisins de l'hôtel "Aviano" , hommes, femmes et enfants, tous sortis pour voir le défilé de camions, jeeps et hélicoptères, guettaient l'expédition.
Non loin de l'hôtel, la voix hystérique d'une femme bouleversait les habitants. Cette femme gesticulait telle une aliénée.
Un homme s'approcha de la femme et lui demanda :

- Qu’est-ce que tu as, ma soeur?
- Je ne suis pas ta soeur. Eloigne-toi de moi!
L’homme baissa la tête et s’éloigna. Il savait qu’après la guerre la mentalité avait changé : on s’adresse aux inconnus par “monsieur” ou “madame” mais on ne dit plus “ma soeur” ou “mon ami”.
Tous les regards de la foule étaient braqués sur les soldats et personne ne prêtait attention à l’homme; en effet les habitants connaissaient la femme, devenue folle et traumatisée par la guerre.
Les enfants se massaient en cercle devant les camions, ils faisaient le signe de victoire avec leurs doigts en criant : “OTAN, OTAN...”
Une jeep s’arrêta devant le groupement d’enfants. L’officier aux cheveux gris, celui qui à l’aéroport avait donné l’ordre d’avancer aux camions sans être contrôlés, suivi de deux autres soldats, s’approcha des enfants. L’officier fit signe aux deux soldats de ne pas le suivre, car il considérait qu’il n’était pas en danger. Il prit un enfant parmi la foule et il l’embrassa. Pour les Kosovars, chaque soldat de l’OTAN est considéré comme un sauveur et libérateur. Ils ne savaient pas, sauf peut-être les pilotes qui ont bombardé les positions militaires serbes, que les autres soldats de la guerre du Kosovo étaient filmés par la télé.
Les cris “ OTAN, OTAN, OTAN ... “ s’emplifièrent lors du geste si compatissant de l’officier. Sitôt après avoir déposé l’enfant, l’homme ordonna à ses deux gardes du corps de prendre sa valise et de distribuer des chocolats qu’il avait pris pour son séjour au Kosovo. Il appela le patron dc l’hôtcl ct l’assura du remboursement du dommage pour la voiture que ses chars venaient d’ écraser.
Tout était bloqué sur la route pour Pristina. Quand le conducteur de la première jeep remarqua que derrière elle,

il restait quatorze chars, sept camions et douze Jeeps, il fit marche arrière pour savoir ce qui se passait. L'officier dans la première jeep dit à son chauffeur que leur chef Alain était vraiment fou. Il transgressait souvent les règles. Le Ministre de la Défense à Paris en avait été informé par son collègue, mais aucune mesure n'avait jamais été prise à son encontre. Alain était connu et respecté de la hiérarchie à Paris, pour sa contribution à Djibouti, au détroit d'Ormuz, et même au Kosovo. Pendant la guerre du Kosovo, Alain aida à la formation des soldats kosovars, mais il n'en parlait jamais à personne. Chaque succès d'Alain, c'était comme si on enterrait la gloire de Jean-Marie, son collègue et ami. Ils étaient amis depuis de longues années, ensemble ils avaient terminé l'Académie militaire. Leur amitié n'aurait peut-être jamais été remise en cause si le charme d'une certaine femme nommée Ana, à Djibouti, ne les avait séparés.

Ana était une fille d'une beauté exceptionnelle qui connaissait parfaitement l'art de la manipulation qu'elle avait appris au fil des années. Dès le premier contact, elle savait que les deux jeunes officiers français tomberaient dans son piège. Un jour, le secret a été découvert: Jean-Marie surprit Ana dans les bras d'Alain, en train d'entrer dans sa chambre d'hôtel. Jean-Marie se précipita, attrapa Ana par le bras et la gifla. Alain prit Jean-Marie à part et le supplia de ne pas faire de scandale en public. Jean-Marie en colère ne voulut rien entendre de ce que lui disait son ami, et, complètement furieux, il regagna la base militaire. Là, il rédigea un rapport contre son ami pour mauvaise conduite qui, publiquement, mettait en question l'honneur de l'armée française. Il écrivit à Paris qu'Alain abusait de son grade militaire pour aller avec des prostituées à Djibouti.

Le lendemain Ana dit à Jean-Marie qu'il n'y avait rien avec Alain, et que son seul amour, c'était lui. Deux mois

plus tard, Ana a été trouvée morte au fond du désert de Djibouti. On ne saura jamais qui a tué Ana. Alain ou Jean-Marie ? Le mystère reste entier.
Après avoir distribué les chocolats aux enfants, Alain ordonna aux premières jeeps de continuer leur route vers leur destination. Les enfants continuaient de crier leur refrain.
Jean-Marie nota l'heure où la colonne avait été arrêtée par Alain, il nota le nombre d'enfants qui criaient et faisaient le signe V.
Le geste d'Alain était inattendu pour les habitants du Kosovo. Jusqu'à ce jour ils n'avaient jamais vu un officier s'arrêter et discuter avec les enfants et la population. Avant la guerre, si des officiers s'arrêtaient chez les habitants, ils brûlaient leurs maison, ils maltraitaient les hommes et les enfants.
- Les Français veulent nous manipuler! dit un homme dans la foule.
- Vous dites ça, comme si vous saviez tout ce qui se passe, lui répondit un jeune. Le jeune se demandait où il avait vu ce monsieur, il l'avait vu, mais il ne se souvenait pas où.
- Le plus important est que les Français sont des amis de la Serbie depuis des siècles. Tu peux contredire ça ?
- Mais aujourd'hui ils n'ont rien fait de mal. En plus, les Français ont bombardé les positions militaires de la Serbie comme les Américains.
- Tu es encore trop jeune pour comprendre, a répondu le monsieur habillé en jean et chemise blanche qui semblait avoir autour de quarante-cinq ans. Il se retourna vers ses copains et il continua à boire de la bière.
Le jeune homme se demandait : qui est ce monsieur, ce doit être un homme important. Dans son oreille, la fille assise à côté, lui murmura : Albert, tu connais cet homme?
- Non Alma, je ne le connais pas.

- C'est Bashkim, c'est l'analyste politique le plus connu au Kosovo.
Albert se souvint qu'on voyait souvent cet homme dans les débats télévisés, dans des rencontres avec des personnalités politiques. Il tourna la tête pour dire : pourquoi ne t'es-tu pas souvenu de qui il était? Il se sentit déçu d'avoir contredit ce grand journaliste, mais en même temps il se sentit fier d'avoir pu échanger quelques mots avec lui.
Derrière les blindés il y avait des centaines de voitures bloquées, aucune ne pouvant dépasser la chaîne militaire. Seuls les conducteurs des premiers véhicules pouvaient voir ce qui se passait. Le reste des passagers et des chauffeurs transpiraient sous leurs pare-brises et occupaient le temps à s'injurer. Les enfant sortaient des voitures et jouaient dans les champs qui bordaient la route. Une femme changeait les couches de son bébé à même le sol.
Les blindés poursuivirent leur route jusqu'à l'entrée de Pristina d'où ils prirent la route qui les mena à Prizren, l'emplacement de leur base militaire. Les habitants savaient que les Français y avaient leur base, mais ne savaient pas ce qu'il s'y passait.
Il était quatre heures cinquant neuf minutes et Donika se rendait comme à son habitude au sommet de la montagne. Elle s'arrêta devant la Pierre d'Achille et regarda vers les fils barbelés du camp militaire français. Ce jour-là il y avait des allées et venues inhabituelles de camions, d'hélicoptères et de jeeps militaires. Donika observait leurs passages et remarqua l'arrivée du blindé français sur la base.
A peine arrivés sur la base, Alain, Jean-Marie et certains militaires français furent convoqués pour une réunion. La réunion se fit non loin des autres militaires, dans un endroit entouré de sacs de sable.

Les soldats déchargeaient les camions. Le chef d'unité français ouvrit la réunion et il souhaita à tous les nouveaux arrivants la bienvenue au Kosovo. Il commença à décrire le climat qui, en été, est très chaud et en hiver très froid. Ensuite, il leur dit que deux fois par semaine ils avaient la permission d'aller en ville pour se détendre, en sous-entendant, de pouvoir fréquenter les femmes et les bars du centre. Il les informa aussi sur la mentalité des Kosovars, très différente des autres pays en guerre.
- Les Français savent se conduire en gentlemen avec les femmes, dit Alain, interrompant son chef.
Le supérieur jeta un regard froid sur Alain. Ce chef était connu pour sa rigueur à faire appliquer à la lettre tous les ordres venus de Paris. Il ne s'intéressait ni au fond ni à la forme des ordres, tout ce qu'il recevait par écrit, il l'appliquait. Il usait de mesures sévères envers ceux qui ne respectaient pas ses ordres. Cette fois-ci il n'entreprit rien contre Alain qui venait de l'interrompre. Il se contenta juste de lui lancer un regard accusateur.
- Les Kosovars ne veulent pas que les soldats étrangers touchent leurs filles, continua le chef dans son discours. Les Kosovars tuent leur propre fille et le soldat!
Le chef resserra sa cravate, pourtant déjà bien en place, il prit une chaise, il s'assit et il attendit que les soldats lui posent des questions. Aucun soldat ne voulut prendre la parole parce que la réputation de ce chef était connue, même à Paris. La plupart se moquait de poser des questions ; pour eux tout était égal, ils étaient venus pour un certain temps au Kosovo, le temps de terminer leur mandat.
Alain trouva pas le discours du chef très intéressant car, partout dans le monde, les autochtones ne veulent pas qu'on touche leurs filles, mais c'était un ordre d'écouter le discours de son chef.

Alain s'était documenté six mois avant que la guerre n'éclate ; il avait appris que le Kosovo était un petit pays à une heure et demie d'avion de Paris. La seule chose dont il se souvenait, c'est que les Kosovars sont des gens très arriérés. Ils peuvent tuer leurs voisins pour une broutille. C'est typique des gens primitifs, pensa-t-il en regardant un certain temps la base militaire entourée par de très hautes montagnes. Il avait servi dans plusieurs états du monde, dans des bases construites dans les déserts où il pouvait voir leur immensité, dans des bases près de l'Océan, où il contemplait le coucher du soleil. La base actuelle était installée dans un trou, entourée de montagnes où l'on pouvait voir à leurs sommets de la neige en plein été.
Ce discours sur les crimes organisés, les assassinats de gens sans jamais trouver de coupables, ce chef autoritaire, cet endroit primitif, plus toute cette ambiance encore et toujours militaire, commençait à l'exaspérer. Il se coucha dans son lit avec cette seule idée, que sa mission au Kosovo se termine au plus vite.

CHAPITRE V

Depuis trois ans, la guerre était finie, et Donika était à la recherche de son aimé disparu, victime de la guerre. Elle le cherchait à la Croix-Rouge, à l'Association des prisonniers et des disparus. Elle regardait, tous les jours, les noms publiés dans les journaux, mais son nom n'y figurait pas. On ne savait pas s'il était vivant ou mort. Ses souvenirs étaient encore vifs de ce matin où les policiers forcèrent la porte de l'appartement et où ils l'enlevèrent de son lit même. On lui avait dit de se présenter au poste de police car on avait confondu son identité avec un autre nom.

Elle se reprochait leur présence à l'appartement. Elle culpabilisait, car lui, voulait aller visiter ses parents cet après-midi-là. Mais Donika avait insisté pour qu'il aille les voir un jour plus tard. Ce jour-là, ils avaient passé toute la journée en haut de la montagne où ils avaient fait l'amour comme au sommet du monde. Elle voulait absolument passer la soirée dans ses bras. Elle l'avait supplié de ne pas partir chez ses parents. « Si je lui avais permis d'aller voir ses parents, il serait vivant aujourd'hui », se disait-elle. Elle n'avait jamais dit, à qui que ce soit, qu'elle se sentait coupable de sa disparition.

Donika ne savait pourtant pas que la police viendrait le lendemain pour enlever son mari, mais la culpabilité la rongeait.

Donika n'avait pas perdu l'espoir qu'un jour son mari rentrerait vivant. Au début, elle ne faisait que pleurer sur son destin. Plus tard, l'espoir s'installa, et elle vivait en l'attendant.
Parfois les gens lui disaient qu'un de leurs proches, récemment libéré, avait vu son mari quelque part dans une prison privée en Serbie. On disait que les prisonniers étaient enfermés dans des prisons privées et enduraient de dures peines physiques. Lorsque la famille savait où il se trouvait, elle payait la rançon à l'avocat qui allait en Serbie, échanger la rançon contre le prisonnier. Celui-ci était ensuite pris en charge par la Croix-Rouge de Genève qui se chargeait de le ramener au Kosovo.
Donika prenait ces dires au sérieux, mais n'avait pas d'argent pour payer la libération de son mari. Or, même si elle avait eu de l'argent, un risque persistait car on ne savait pas ce qu'en ferait l'avocat. Il arrivait que celui-ci ramasse de grosses sommes obtenues des familles endeuillées et aille se cacher ensuite quelque part dans le monde. C'est un pays où les lois étaient devenues impuissantes, où chacun s'évertuait à s'enrichir en une nuit.
Un jour, quelqu'un était venu au Lycée et lui avait dit qu'il avait rencontré son mari dans une ville lointaine ; il se promenait en mendiant et paraissait être dans un état d'aliénation. Donika sortit ses photos et, en les montrant à son interlocuteur, elle lui demanda si l'homme de la photo ressemblait au clochard. L'inconnu affirma clairement que c'est lui qu'il avait rencontré. Il lui disait qu'il l'avait même emmené dans un restaurant pour manger. Ces informations réjouissaient Donika mais ne la rassuraient pas tant qu'il n'était pas rentré.
Elle se rendait à chaque endroit du Kosovo où l'on opérait l'exhumation massive de tombes afin d'identifier son mari. Elle regardait les corps carbonisés et pourris en

s'évertuant à identifier sa montre, ou bien un vêtement quelconque qu'il portait lors de cette soirée maudite. Peine perdue. On ne le trouvait ni parmi les vivants, ni parmi les morts.
Elle cherchait partout sans savoir où se diriger. Tout ce qu'elle faisait, elle le faisait instinctivement, sans tenir compte des probabilités d'une mauvaise nouvelle. Elle ne pouvait pas admettre qu'on l'ait enlevé pour toujours. Elle ne pouvait pas admettre non plus qu'il soit mort. Elle n'acceptait pas l'idée qu'il ne soit plus de ce monde.
Dans ses livres philosophiques, elle avait lu que la vie pouvait être pleine de souffrance, que l'homme ne devait pas contourner les obstacles mais devait les affronter et chercher la solution. Il est facile d'écrire sur un problème, mais c'est tout autre chose de le vivre et de faire partie constituante du problème, pensait-elle. Elle avait l'impression que les souffrances du monde entier pesaient sur elle, que personne ne subissait son destin. S'il lui était arrivé un autre malheur, elle l'aurait surmonté, peut-être, mais sans mari, sans enfant et sans argent, elle se sentait tellement seule.
Accepter la réalité comme l'écrivaient les philosophes et comme le lui conseillait Alma, son amie, cela voulait dire oublier son mari. Trouver un autre mari pour continuer une vie normale, ce n'était pas la solution au problème, mais, au contraire, un nouveau problème qui s'y ajouterait. Elle avait conçu la vie avec lui et pas avec un autre. Elle trouvait refuge dans les souvenirs et ne cessait de vivre dans le passé. Elle arrêterait de se torturer l'esprit si elle trouvait dans le cimetière un seul objet à lui, au moins son anneau de mariage. Tout le monde, et elle aussi savait qu'on leur avait enlevé les montres, les alliances, et autres objets précieux avant de les exécuter. Elle le savait mais elle cherchait toujours une preuve de sa disparition.

Si elle déclarait sa mort, on la traiterait d'immorale, et puis, les parents de son mari ne permettraient pas un tel acte. Eux, exactement comme elle, attendaient le retour de leur fils unique. Tant qu'on n'avait pas trouvé son cadavre, ils l'espéraient vivant.
Trois années de recherche et de souffrance sans aucune nouvelle s'achevèrent. Elle passait son temps à feuilleter l'album de photos. Elle se souvenait de ses lèvres chaudes et de ses baisers ardents. Elle posait l'album contre sa poitrine et fermait les yeux en se remémorant les nuits et les étreintes.
Elle se dominait aux moments où les hommes s'approchaient d'elle. Elle réprimait profondément ses passions. Elle voulait vivre grâce au passé en restant ainsi près de lui. Elle avait créé tout autour d'elle un mur infranchissable pour les autres hommes. Elle était convaincue qu'elle ne tomberait plus jamais amoureuse. Jamais plus une main d'homme ne la caresserait, même si cela lui manquait.
- Donika, essaie d'imaginer le monde d'une autre façon ! Tu as assez attendu ! lui dit Alma pendant qu'elles se préparaient à partir.
- Il est vivant ! Je sens qu'il est vivant ! lui répondit-elle, à mi-voix.
- Tu le sais, toi aussi, que tu nourris vainement ton espoir ! Pourquoi tu te renfermes telle une prêtresse religieuse ?
- Personne ne me semble être un vrai mari. Tu comprends ?
Alma ne voulait plus insister. L'esprit de Donika et sa vie étaient déjà perturbés. Elle imputait à l'armée ennemie la disparition de son mari. Elle traitait les soldats de barbares et de primitifs. S'ils lui disaient au moins, pourquoi et où ils l'avaient tué, ou encore où ils l'avaient enfermé.

- Tu ne me dis même pas où tu veux aller ? lui demanda Alma, avec du retard.
- Dans les environs de Pristina. Là, on fait aujourd'hui l'exhumation d'une fosse commune.
Alma ne dit rien, c'était peine perdue de lui dire qu'elle dépensait son énergie en vain se déplaçant d'un cimetière à un autre. Donika appréhendait l'acte d'identifier le cadavre de son mari. Il y avait des cas où l'on découvrait des cadavres de personnes dont le domicile était très éloigné.
Le chemin étant bloqué par la police et la KFOR, Donika fut obligée d'attendre deux heures dans sa voiture. Personne n'avait le droit de sortir de Prizren. Toutes les sorties étaient fermées. Les sirènes des voitures de la police et le roulement fréquent des chars de KFOR créaient un tohu-bohu assourdissant.
Les vitres et les portières fermées de la voiture augmentaient la chaleur et l'air, rendu très lourd, se raréfiait.
Donika sortit de sa voiture pour se rafraîchir. Personne ne savait ce qui se passait. On voyait, au centre de la ville, une fumée noire qui survolait les maisons. Quelqu'un chuchota qu'il y avait une explosion dans une maison serbe avec vingt personnes dedans, provoquée par inadvertance. D'autres disaient que c'était un groupe d'extrémistes albanais qui avait posé une bombe. A côté de Donika, un groupe de badauds disaient que la maison qui brûlait appartenait à des Albanais et y étaient mortes plus de vingt personnes dans un attentat provoqué par des extrémistes serbes. Donika préférait, dans son for intérieur, que les victimes soient des Serbes et que, parmi eux, se trouve l'assassin de son mari. Auparavant, cette idée ne lui avait jamais traversé l'esprit. Elle n'avait jamais pensé à découvrir le tueur de son mari.

Parmi les vingt victimes, elle voyait le tueur. Elle sentit un frisson traverser son corps pour la première fois depuis trois ans.
« Eux aussi, ils ont des femmes qui les attendent, » se dit-elle et elle imagina leurs femmes à sa place. Elle se mit à pleurer sur le destin des femmes inconnues de l'ennemi. Elle regretta soudain le sort des victimes prises au piège dans la maison qui fumait. Elle avait pitié d'elles. Elle ne savait pas pourquoi elle pleurait.
- Madame, c'est votre voiture ? dit l'interprète qui accompagnait le soldat de la KFOR, interrompant ses méditations.
- Je démarre tout de suite ! dit Donika étourdie. Elle n'avait pas remarqué que la route était déjà dégagée.
- D'abord, nous devons vous contrôler ! dit l'interprète.
On contrôla la voiture en détail et on lui permit ensuite de repartir.
Elle roula une heure et demie sans sentir la fatigue. Elle s'arrêta devant une fosse creusée à quelques kilomètres de la route asphaltée. Les gens avaient fini le travail étaient partis, même les gens de la Croix-Rouge n'étaient plus là. Devant elle s'ouvrait la tombe vide, et un vaste champ couvert d'herbe qui avait commencé à sécher, faute de pluie.
Elle quitta la voiture, avança de quelques pas et s'assit au bord de la fosse récemment creusée. Elle ne savait pas où elle se trouvait ni pourquoi elle se trouvait dans cet endroit inconnu. Elle pleurait aux bords de la fosse comme d'habitude lorsqu'elle se trouvait toute seule et devant les os de cadavres. Le chant des cigales et la grande chaleur pesaient lourdement sur sa tête. Elle baissa les paupières et se boucha les oreilles des deux mains pour ne pas entendre ce bruit monotone. Soudain, devant elle, apparurent trois femmes et un homme. Ils se parlaient et riaient. Elle ne pouvait pas distinguer leurs visages car il faisait sombre.

Leurs voix lui paraissaient connues. Elle ne pouvait pas saisir le sens de ce qu'ils disaient. Elle avança de quelques pas et s'arrêta devant les inconnus.
Leurs regards et leurs sourires la captivèrent. La langue qu'ils parlaient ne ressemblait à aucune langue. Elle commença à comprendre le mystère de cette langue en quelques secondes. Il lui sembla même qu'elle savait la parler depuis longtemps, mais elle l'avait oubliée à ne plus la pratiquer.
Elle s'approcha d'une des femmes. Elle toucha ses longs cheveux pour lui découvrir le visage. Elle la regarda et elle resta figée face à elle. Ce n'est pas possible, s'écria-t-elle, dans une langue dont elle ne se souvenait pas. Donika regardait la femme dont elle avait découvert le visage et là, c'est elle qu'elle voyait. Elle avait le même âge, les mêmes traits et le même sourire figé qui la rendait charmante. A un moment donné, elle pensa se trouver devant un miroir et insista, dans sa pensée, pour la toucher. La femme tendit les mains, disposa ses cheveux en arrière et dit :
- N'aie pas peur, je suis Donika !
- Tu ne peux pas l'être, car Donika c'est moi ! dit-elle d'une voix étouffée.
- Non, parce que tu ne peux pas découvrir le mystère de l'amour, ni de celui de ce monde.
- Je ne cherche que mon mari.
- Le voilà ! dit-elle en lui montrant son mari qui se tenait entre les deux autres femmes.
Donika, dirigea son regard vers l'homme. Il était beau, grand, et son corps était couvert d'une cape blanche. Leurs regards se croisèrent. Elle était très attirée par lui. Elle avait l'impression de connaître cet homme. Elle l'avait vu quelque part, mais elle n'arrivait pas à préciser ni l'endroit, ni le temps, ni son nom.

- Il ne fallait pas chercher l'amour dans les larmes et la souffrance. La vie, c'est l'amour ! Si l'amour te manque, la vie n'est plus rien. Cherche ton amour dans la vie ! dit la femme et elle disparut.
- Non ! s'écria Donika en regardant tout autour d'elle. Mais tout avait disparu.
La mélodie monotone des cigales lui piquait les oreilles. Elle fixa son regard sur un os desséché que les experts n'avaient pas vu. Elle eut l'impression que c'était un os de son mari et fut tentée de le caresser et de le serrer contre elle.
Elle n'était pas en état de savoir si celui qu'elle avait vu était une illusion, un rêve ou bien une réalité.
N'aurait-elle pas fait un rêve ? Prise de crainte, elle croyait être en proie à une hallucination, mais lorsqu'elle se rappelait qu'elle avait touché la femme qui lui ressemblait et même discuté avec elle, elle ne savait plus à quel saint se vouer. A un moment donné elle crut avoir perdu la raison. Les insensés imaginent et créent des situations qu'eux seuls voient et entendent. Elle s'évertuait à se convaincre qu'elle n'avait pas perdu la raison. Elle se rappela les élèves à l'école et sa copine Alma à qui elle se confiait. Elle pensa à son frère, aux soldats français qui l'avaient arrêtée et avait failli la tuer. Elle se rappela Alban aussi qui avait apporté des aliments et donné de l'argent à la famille. Elle s'attarda sur Alban et réfléchit plus longtemps. Elle se souvint des moments où il s'accrochait à elle durant les études. Elle avait eu envie qu'il court après elle. Elle avait gagné son affection par une conversation et par la douceur du sourire qu'elle lui avait accordé. Au début, quand personne ne s'intéressait à elle, elle l'avait utilisé pour exciter les autres, mais, avec le temps elle s'était sentie amoureuse de lui. Mais c'était elle qui était tombée dans le piège qu'elle avait dressé pour Alban. Elle avait alors attendu qu'il prenne les

premières initiatives pour qu'elle ose l'embrasser. Après une longue attente, elle s'était mise à orienter ses sentiments vers un autre jeune homme bavard, son futur mari, avec lequel elle commença tout comme si c'était une plaisanterie.

En pensant de nouveau à la rencontre avec le groupe mystérieux, son cerveau ne pouvait pas distinguer le réel de l'irréel. Ce qu'elle venait de voir, c'était bien réel, mais avec un seul changement, la scène avait disparu et la conversation s'était déroulée dans une autre langue. Quelle était cette langue ? Pourquoi avait-elle appris cette langue en quelques secondes ? Elle doutait que ce qu'elle avait subi fut un simple rêve. Quelle est la différence entre le rêve et la réalité ? se demandait–elle.

Devant ses yeux défilèrent les années de son enfance, les années estudiantines, puis son mariage. Vingt-sept ans de vie n'avaient pas duré plus qu'un rêve. Ce que j'ai vu, c'était en rêve, et le rêve n'est pas plus long que le résumé de ma vie. Effrayée par l'idée d'être prise de démence, elle dirigea son regard vers les vastes champs. Je suis vivante et parmi les humains, dit-elle, en s'évertuant à comprendre ce qu'elle avait vu.

Elle se leva, ferma la portière de la voiture et partit. Elle roula sur le chemin non asphalté et franchit la route qui menait à Prizren.

A l'arrêt improvisé des cars, au bord de la chaussée, elle s'arrêta et offrit à un homme et une femme qui attendaient le car venant de Pristina, de monter dans sa voiture. Depuis la disparition de son mari elle ne s'arrêtait jamais pour prendre des voyageurs qui faisaient de l'auto-stop. Cette fois-ci elle avait peur de continuer la route toute seule.

Malgré le désir de communiquer avec quelqu'un, elle ne dit mot durant le trajet. Elle répondait aux questions de ses passagers par des hochements de tête. Elle avait perdu la

tête. Elle s'étonnait même d'arriver à conduire la voiture. Quand elle arriva à Prizren, elle gara la voiture près de l'hôtel « Theranda » et téléphona à Alma. C'est uniquement avec celle-ci qu'elle parlait librement. Elle ne se confessait plus, ces derniers temps, comme auparavant.
- Alma est sortie ! dit son mari à l'autre bout du fil. Il voulut continuer la conversation mais Donika raccrocha. Aller au village, cela l'ennuyait. S'enfermer dans son appartement à Prizren ? Elle ne voulait pas rester seule. Elle avait besoin de parler à quelqu'un, tout simplement, mais pas de ce qui lui était arrivé. Elle passa instinctivement devant l'accueil de l'hôtel et s'assit sur une chaise libre sans regarder personne. Par contre, tous les regards se fixèrent sur elle. Elle commanda un capuccino et une eau.
Le gargouillis de la rivière retentissait à ses oreilles. Elle avait fixé son regard sur l'ancien château, visible de l'hôtel. Ses murs vieillots, sans être restaurés, paraissaient quand même avoir résisté aux intempéries. Après le retrait de l'armée turque, le château ne servait plus à rien, jusqu'aux deux dernières années quand le château fut exploité de nouveau par l'armée turque. Les habitants âgés de Prizren regardaient le château avec une appréhension mystérieuse car c'est de là que l'ancienne armée turque les avait attaqués et tués. Donika regardait les soldats turcs en uniforme de la KFOR sur les murailles du château. Ils avaient interdit aux jeunes de monter là-haut pour s'amuser.
Les souvenirs de Donika s'enchaînaient dans ces décombres. C'est avec nostalgie qu'elle se souvenait des promenades sur les larges murailles, d'où l'on voyait la ville comme dans le creux de la main. Là elle avait savouré son premier baiser. C'était la bise ingénue d'un beau garçon qu'elle avait vu pour la première fois. Il en

avait eu le courage, grâce à la supériorité qu'il ressentait, à cette hauteur, sur les gens et sur la ville en bas.
Le capuccino était devenu presque froid lorsqu'elle y mit le sucre.
- Excuse-moi ! J'espère que je ne t'ennuie pas ? Je peux te rejoindre ?
Donika leva les yeux et aperçut Alban mi-penché avec les deux mains sur la table.
- Pas du tout, répondit-elle, en lui faisant le signe de s'assoir.
Donika n'eut pas de difficultés à deviner ses intentions. Les modulations de sa voix l'avaient trahi à l'instar des garçons qui décident de déclarer l'amour aux jeunes filles pour la première fois. Il se mit en face d'elle et sortit un paquet de cigarettes. Sa réponse l'avait étourdi et lui avait enlevé la parole.
- Veux-tu prendre une cigarette ! dit-il, finalement. Il tenait avec peine le paquet dans une main tremblante.
- Merci ! dit Donika en prenant la cigarette. Avant midi toute les sorties étaient bloquées. Que s'était-il passé ?
- On avait brûlé une maison serbe !
- Il y a eu des victimes ?
- Non, la maison était vide. Mais l'incendie menaçait de mettre le feu à deux maisons albanaises avoisinantes.
- Qui a fait ça ?
- Au début on avait accusé les Albanais. Cependant, la police internationale a déclaré, par un communiqué de presse, que le propriétaire de la maison avait mis lui-même l'explosif dans sa maison pour que les Albanais ne puissent pas l'utiliser. La police a arrêté le propriétaire à la sortie de Prizren.
Alban n'avait pas imaginé qu'il entrerait si facilement en relation avec cette femme dont l'image lui donnait des frissons, à chaque fois qu'il se la rappelait. Le grand

amour de sa jeunesse, qu'il avait eu pour elle, flamboyait encore.
Je me réjouis au moins qu'elle me parle, se dit-il. Et si je couchais avec elle ? Il s'étonnait particulièrement en voyant que Donika n'avait pas changé. Les mêmes seins saillants, le même sourire engageant, les mêmes dents un peu ébréchées.
- Voulez-vous prendre quelque chose ? demanda le garçon derrière eux.
- Un jus de pêche !
Alban entama la discussion sur le chômage et la crise économique en soulignant le succès qu'il avait avec les stations-service. Il apparaissait comme le sauveur de Donika et de son frère, directement ou indirectement. Il se souvint, cependant, qu'il exagérait :
- C'est faux de dire que l'argent fait tout !
C'est ce que j'ai pensé, moi aussi, dit Donika, un peu soulagée. Elle connaissait le caractère de son ami depuis longtemps. Il était toujours généreux. C'est vrai qu'il s'accrochait à elle, mais selon Donika, il l'avait aidée quand même, à cause de leur ancienne amitié et à cause de son frère.
- Excuse-moi, Donika, mais je n'ai jamais été esclave de l'argent.
- C'est l'argent qui était ton esclave. C'est ce que tu voulais dire ?
- Exactement ! Car il ne reste pas longtemps dans ma poche !
- C'est pour cette raison que j'ai surtout apprécié ta compagnie.
Ces propos mirent en délire Alban. Il avait plu à Donika, mais lui, il ne l'avait jamais su. Ceci se passait-il uniquement à ce moment-là ? Il se remit à se dire qu'il était venu à ce rendez-vous comme dirigé inconsciemment. C'était un signe précurseur que tout

finirait par l'amour. Il aurait dû être, à ce moment, à Mitrovica en train de prendre le déjeuner avec un général français dont la base militaire était desservie par ses carburants. Mais voilà, le général avait annulé au dernier moment le rendez-vous et lui, il était rentré ici et avait rencontré Donika. Le hasard ou le destin, pensait Alban.

- Qui aurait cru que je te rencontrerais aujourd'hui ! dit-il, d'une voix forte. Le garçon changeait le cendrier. Alban demanda à Donika ce qu'elle voulait pour le dîner. Il commanda, pour lui, un steak avec des frites, et Donika demanda du poisson. Ils commandèrent aussi une bouteille de vin blanc. Etait-ce important, les aliments qu'ils allaient manger et les boissons qu'ils allaient boire ? L'important, c'était qu'il était en compagnie de la femme qu'il aimait depuis une vie tout entière déjà.

- Ça fait longtemps que je n'ai pas vu la ville du haut d'une terrasse de café, dit-elle.

-Rien n'a changé, s'empressa de dire Alban.

- C'est vrai, dit-elle, avec un sourire léger, sauf toi !

- Moi ? souffla Alban, la fourchette en suspens.

- Comment ?

- Tu es tellement occupé que tu as oublié les belles choses autour de toi.

- Tu as raison, peut-être, mais la vie est plus compliquée qu'elle nous paraît et chacun en a sa conception.

- Eh oui. Ce qui est un plaisir pour quelqu'un, pour l'autre est torture. Pour mon frère, par exemple, le plus grand plaisir c'est la pêche. Mais pour moi, c'est le plus grand ennui.

- Dis ce que tu veux, mais la vie est un don qu'on doit savoir apprécier. Cela n'a pas d'importance, les passions dans lesquelles on trouve le bonheur. L'important c'est de savoir où l'on doit le chercher. Le plus magique, quand même, c'est l'amour. L'âme même de la vie.

- Et la volonté, en quoi réside-t-elle ?

- La volonté associée au courage est le générateur de tout, dit Alban, qui était surpris par l'attitude de Donika. Malgré les propos qu'il avait entendus sur sa démence, elle avait l'air plus stable que jamais.
- Le garçon ramassait les assiettes vides. Alban commanda deux cafés. Des lumières faibles et rares pénétraient l'obscurité du soir qui commençait à s'annoncer.
- Tu n'as pas changé, Donika ! dit-il.
- Toi non plus, tu n'as pas changé sur beaucoup de points. Toujours fier, ambitieux, généreux. Tu as quelques kilos de plus, naturellement. Mais tu as renforcé aussi ton courage et ta volonté.
La boisson l'avait déjà égayée et maintenant elle riait d'un air de jeune fille.
Alban avait l'impression qu'elle le provoquait avec ses seins presque dénudés et surtout par la morsure de ses lèvres. Il tendit sa main, par un mouvement spontané, vers le cendrier au moment où elle secouait la cendre de la cigarette et la posa sur la sienne. Il la caressa doucement en la fixant dans les yeux. Elle retira sa main avec délicatesse et lui adressa un sourire.
Alban comprit la raison pour laquelle elle avait retiré sa main. C'était une femme mariée, même si on ne trouvait pas trace de son mari. L'important, c'est qu'elle lui avait fait un sourire et qu'elle continuait à converser. C'était le début d'un moment heureux de sa vie. Il pensait qu'il devait agir avec précaution, sans presser sa dignité. Il suffit de trouver le jour, le moment et l'occasion propices pour lui offrir ce que les autres n'avaient pas fait. Et il se disait qu'il ne fallait pas attendre une occasion plus favorable. Tout devait se passer naturellement et de façon spontanée. Il savait qu'il ne finirait pas ce soir-là, par coucher dans le lit de Donika, naturellement. S'il tenait à faire une telle chose, il ferait une grande erreur. Quoi qu'il en soit, il était déjà pris par les feux de l'amour. Sûrement,

elle ne pouvait plus s'accrocher à l'amour pour un homme qui n'existait plus. Le seul remède pour son âme, s'imaginait-il, serait pour elle d'acquérir un appétit pour la vie et de trouver l'amour qui lui manquait tellement.
Donika s'étonnait en se rendant compte du courage d'Alban. Il avait mis sa main sur la sienne sans aucun complexe. Il était sûr de ce qu'il disait. S'il avait fait cela auparavant, pensait-elle, j'aurais déjà cédé.
Ils continuèrent à parler de leurs années estudiantines. Ils revenaient sur le passé marqué par la gaieté et les rires.
C'était la première fois que Donika riait tout haut après la disparition de son mari. La première fois qu'elle vivait un moment heureux après la tragédie. Elle avait eu de pareils moments seulement pendant les premières années de son mariage, alors qu'elle s'occupait illégalement de l'enseignement et son mari passait son temps à distribuer de l'aide humanitaire. Leur unique sujet de discussion était le parcours de la journée sans être inquiétés par les forces policières. C'était une misère lorsque la police s'emparait de quelqu'un et l'exécutait pour la seule raison qu'il enseignait dans les caves de maisons privées ou lorsque quelqu'un était incarcéré sous prétexte d'avoir distribué quelques kilos de farine à une famille en pénurie de vivres. Enseigner illégalement, car l'Etat avait interdit l'enseignement, ou bien distribuer l'aide humanitaire que la Croix-Rouge avait récoltée pour la population démunie, c'était pour la police un acte d'hostilité envers l'Etat et le peuple. On encourait, pour de tels actes, de lourdes peines. Quelquefois, on n'en sortait pas vivant. Donika revint à la conversation avec Alban.
- Je n'oublierai pas cette soirée !
- La discussion ne t'a pas plu ? fit Alban pour blaguer
- Au contraire, j'ai passé un bon moment.
- Je suis heureux, alors. Je crois en Dieu et je pense qu'il l'avait prédéterminé.

- Voilà une coïncidence, ou bien un message venant d'une puissance invisible.
Donika se rappela ce que lui était arrivé au cimetière. Elle doutait qu'Alban sût quelque chose. Elle avait entendu parler de personnes qui devinent l'avenir, d'autres qui font de la sorcellerie et gâchent la vie de la personne qu'ils détestent. Alban avait beaucoup d'argent et aurait pu payer une de ces vieilles sorcières. Mais l'homme apparu au cimetière ne ressemblait pas du tout à Alban.
Elle se leva doucement. Alban n'insista pas pour la retenir davantage. Ils se séparèrent pour se retrouver un autre jour qu'ils ne fixèrent pas.
Donika conduisit sa voiture dans la direction de sa maison. Devant la maison brûlée, non loin de l'hôtel, les soldats de la KFOR demandaient aux conducteurs de ralentir.
Donika pensa, au début, que l'heure du couvre-feu était déjà passée. Cependant, il était onze heures et demie. Il y avait encore une demi-heure, alors elle ralentit la vitesse sans se faire de souci. La fumée se dégageait toujours des décombres de la maison brûlée. En fermant la vitre de la portière, elle remarqua un soldat qui déambulait autour des débris. Son corps et son visage semblaient identiques à celui qu'elle avait vu à la fosse commune. Elle demeura interdite. Elle appuya sur les freins, sans le vouloir, et la voiture s'arrêta brusquement. Elle faillit heurter le pare-brise de la tête. Le grincement des pneus qui freinent attira l'attention du soldat qui regarda la voiture et fit signe à Donika de se calmer et de continuer à rouler. Impossible ! Je ne suis pas normale. Ce n'est pas possible que ce soit lui ! se disait Donika.
Elle s'étendit sur le lit, mais elle n'avait pas sommeil. Elle prit un livre afin d'oublier ses pensées sur l'homme du cimetière et aussi sur l'autre, celui de la maison brûlée.

CHAPITRE VI

Donika n'était pas sortie de sa chambre pendant deux jours et trois nuits. Elle était profondément plongée dans ses préoccupations. Qui était cet homme ? Que prédisait son apparition ? Elle laissait le téléphone sonner sans se préoccuper des sonneries. Elle préférait passer son temps à réfléchir sur ces phénomènes sans dire mot à qui ce soit.
Au début, elle avait pensé que les rumeurs sur sa démence ne feraient que s'amplifier, et elle décida de n'en parler à personne. Elle savait qu'Alma en parlerait à Georges, son mari. Peut-être même à son amant qu'elle voyait en cachette, fait que tout le monde connaissait, à l'exception de son mari qui continuait à avoir pleine confiance en sa femme.
Georges, après avoir courtisé quelques jeunes femmes, avait été déçu par leurs grossièretés et avait juré de ne pas épouser une fille qui ne serait pas vierge. Il avait rencontré Alma à cette époque ; c'était une fille timide. Elle avait été éduquée dans l'idée qu'il fallait garder la virginité jusqu'au soir du mariage. Georges avait essayé de coucher avec elle plusieurs fois, comme il l'avait fait avec d'autres filles, mais Alma ne se laissait pas faire, ce qui le rendait plus tenace pour l'épouser. Ils se marièrent après leurs études. Georges était fier de sa femme parce qu'elle ne s'était laissée faire par aucun homme. Il se sentait supérieur lorsqu'on parlait des femmes et de leur morale. Après quelques années de vie conjugale, Alma plongea

dans des conversations avec des femmes qui racontaient leurs aventures et les passions qu'elles éprouvaient avec des hommes hors mariage. Sa vie ne se distinguait pas de celle des autres. Elle se disputait, de temps à autre, avec Georges, à l'instar des autres femmes qui se disputaient avec leurs maris. Cependant, il y avait une différence, car, à côté des querelles à la maison, les autres femmes jouissaient du plaisir avec des hommes qui n'étaient pas leurs maris. Elle n'avait jamais tenté l'amour interdit, mais elle ne voulait pas mourir sans avoir eu une aventure avec quelqu'un. Une seule fois, pensait-elle, et elle en finirait. Elle décida d'abuser de la confiance de son mari et commença à faire l'amour, en cachette, avec son collègue de bureau. Un an plus tard, elle en changeait pour une aventure avec un employé du cabinet du maire et elle était convaincue qu'elle avait trouvé l'homme de sa vie.

Donika savait que les secrets étaient inventés pour être racontés, sinon on ne les désignerait pas comme secrets. Et ce qu'elle disait à Alma, elle savait que celle-ci l'aurait dit à son amant.

« Ils sont en train de parler de ma folie », dit-elle. Sa voix rompit le silence qui régnait dans sa chambre.

Elle décida pourtant de se confier à Alma après avoir communiqué aux élèves les résultats de la fin de l'année scolaire.

Elle arrangea ses cheveux, se maquilla, s'habilla d'un jean et d'une chemise blanche. Elle prit son blouson marron, au cas où.

- Donika, pourquoi tu te dépêches comme ça ? fit entendre une voix derrière elle.

C'était Alban qui, depuis vendredi soir, où il avait mangé et bu avec Donika, avait très peu dormi. Il avait fait, vainement, des tours autour du bâtiment et s'était rendu au village chez Arben pour s'informer où se trouvait Donika. Le frère de celle-ci, qui avait déjà commencé à travailler

chez Alban, n'en avait aucune idée. Celui-ci avait laissé des gardes devant le bâtiment où habitait Donika pour la surveiller. Ils l'informaient continuellement par téléphone portable que la lumière était toujours allumée, mais que Donika était invisible.
Puis ils lui téléphonèrent pour lui dire que Donika était sortie de chez elle, mais était partie sans sa voiture.
- Aujourd'hui c'est la fin de l'année scolaire ! lui répondit-elle en marchant.
- Tu n'as pas le temps pour le café du matin ?
- Non, je suis en retard ! Mentit-elle, même si elle était partie une heure à l'avance. Pour arriver à l'école il n'y avait que quinze minutes de marche. Ensuite elle aurait quarante-cinq minutes de trop.
Après leur soirée si agréable, Alban fut déçu par ses réponses glaciales. Il avait imaginé beaucoup de choses concernant la liaison entamée.
Donika pressa le pas et laissa Alban derrière elle. Elle entra dans la cour de l'école et s'éclipsa en franchissant le portail du bâtiment.
« Ce ne pas possible qu'elle change d'avis si vite ! Elle est ponctuelle et c'est pourquoi elle est pressée».
C'est ainsi qu'il justifiait le comportement glacial de Donika, mais il avait un doute dans son for intérieur. Quoi qu'il en soit, il ne voulait pas se casser la tête avec des pensées destructives qui lui gâteraient sa matinée.
Un tas de nuages épais émergeait derrière les hautes montagnes. Au fond surgit une escadrille d'hélicoptères qui surveillaient l'espace au-dessus de la ville.
Puis une rumeur d'explosion violente vint de la périphérie du sud de la ville, mais ceci ne dérangea pas Donika et Alma qui étaient sur la terrasse d'un café, protégées du soleil sous un parasol que le propriétaire avait ramené de Bulgarie. Les habitants de la ville savaient distinguer toute explosion dangereuse. C'était l'explosion d'une mine

antichar, un reste de la guerre. Cela faisait maintenant partie de leur routine pour les soldats étrangers de faire exploser quotidiennement des mines. Plus les hélicoptères se rapprochaient, et plus le bruit s'intensifiait.

- Qu'est-ce que nous allons faire à propos de la voyante? On y va ? demanda Alma.

- Je ne sais pas ! Cela me paraît absurde. De ma vie, je n'ai jamais cru à la sorcellerie, aux vampires, ni aux chiromanciennes.

- Nous n'avons pas affaire à des vampires, mais à une voyante dont tout le monde dit qu'elle sait tout.

- Même si je suis sceptique, allons-y ! dit Donika, pour échapper à la morosité de la ville.

Donika n'avait pas pu résister à la tentation de confier son secret à Alma. Elle était l'unique personne à laquelle elle pouvait faire part de ses soucis. Elle avait hésité mais, finalement, un sentiment intime l'avait incité à s'exprimer, pour se débarrasser de l'énergie négative qui l'étouffait. Et si Alma en parle, qu'elle le fasse, se dit-elle. Elle lui avait raconté tout ce qui s'était passé à la fosse commune. Alma était convaincue que Donika avait des hallucinations, ou qu'elle était prise par la folie, suite à ses souffrances. C'est ce qu'elle pensait, mais ne lui en dit rien.

Alma la convainquit alors qu'elle devait aller voir Hana, une voyante dont on disait qu'elle savait exactement tout sur l'avenir. Elle savait ce qui s'était passé et ce qui se passerait. Sa renommée avait dépassé les limites du village et elle était aussi connue dans les pays limitrophes. On disait qu'elle passait la nuit avec le diable qui lui découvrait les secrets du monde que l'homme ordinaire ne peut pas déceler. D'autres disaient que Hana, dès son jeune âge, avait rencontré un ange et était tombée amoureuse de lui. Depuis cette époque elle œuvrait contre le mal et combattait le diable. Personne ne connaissait la vérité car elle ne parlait jamais de sa vie. Les jeunes de l'époque s'étaient fortement accrochés à elle, mais Hana n'avait offert à personne des signes complices. Pour se vanter devant ses copains, un certain Genti avait déclaré qu'elle était son amante. Une semaine après il fut pris par la dépression et perdit la raison. A partir de ce jour-là personne n'osa plus se vanter. Il y en avait qui disaient, désormais, qu'elle était l'amante du diable et d'autres prétendaient qu'elle commettait des péchés avec l'ange.

Donika, après une heure de voyage, et en se renseignant auprès des gens, arriva chez Hana. Elle gara la voiture au bord de la route. Alma, avec l'intention de l'encourager, ouvrit le portail et se dirigea vers la maison. Il y avait une distance de quelques dizaines de mètres du portail jusqu'à la maison. C'était une vieille maison à ras de terre. Les arbres fruitiers, plantés en désordre, adoucissaient un peu la canicule de leur ombre. Cette maison ne donnait guère l'impression d'être une maison de sorcière, ou d'ange. C'était une simple maison villageoise. La porte de la maison s'ouvrit. Hana en sortit, les cheveux éparpillés sur le dos. Etant donné son âge de soixante-cinq ans, elle se tenait bien. Vue de la distance où se trouvait Donika, la voyante avait un air imposant. Elle avait mis les mains à ses flancs et attendait devant l'entrée aux murs blanchis. Donika l'avait imaginée comme une vieille ridée, aux cheveux blancs, aux mains tremblantes de vieillesse, comme celles qu'elle avait vues dans les films. Son attitude toute droite, ses cheveux noirs qu'elle avait teints, lui donnèrent l'impression d'une femme ordinaire. Cette apparence renforça son scepticisme. Revenir sur ses pas lui semblait insensé et sans courtoisie. Elle avait fait un si long parcours pour la rencontrer, et si elle la rencontrait elle ne perdait rien.

Hana restait sur la terrasse de la maison, sans bouger. Elle fixait son regard sur Donika en la dévisageant avec curiosité et une concentration particulière. Il n'y avait que

quelques mètres qui les séparaient lorsque Donika hésita. Elle s'arrêta, et porta les deux mains à ses yeux comme si une forte lueur l'aveuglait.
- Ce n'est pas possible ! dit-elle avec émotion. Elle ne criait pas mais avait l'air de se parler à elle-même.
- Qu'est-ce qu'il t'arrive ? lui demanda Alma et la prit par le bras pour qu'elle puisse s'appuyer sur elle.
- La voilà ! dit Donika en dirigeant l'index vers Hana.
- Je la vois, bien sûr, et nous sommes venues pour la rencontrer.
- Mais tu ne vois rien ! Regarde derrière elle !
- Ne soit pas folle ! Il n'y a rien ! dit Donika en essayant de la calmer.
Donika écarquilla les yeux et fixa son regard sur la femme qui ne bougeait pas. Elle voyait, devant elle, son visage et son propre corps. Elle se voyait elle-même portant les mêmes vêtements que ceux qu'elle avait portés le jour des fosses communes. La vision lui lança un regard et un sourire. Donika la regardait d'un air hébété. La femme qui lui ressemblait fit quelques pas en dépassant Hana et s'avança vers Donika. Derrière elle, apparut le même homme, et maintenant, elle distinguait son visage et sa tenue. Elle caressa les cheveux de Donika, se lança entre les bras de l'homme et l'embrassa avec passion. Toujours en s'embrassant, ils disparurent de la vue de Donika. « Ah, mon Dieu, sauve-moi ! » supplia Donika, à haute voix.
Hana restait indifférente sur la terrasse de la maison. Alma tenait Donika pour ne pas la laisser s'affaisser. Après quelques instants, Hana leva les mains à la hauteur de la tête. Elle avait l'air de regarder entre les doigts et fit un geste avec les mains comme si elle voulait fendre l'air. Par un geste de la main elle fit signe à Donika de marcher.
A sa grande surprise, Donika se sentit délivrée de son angoisse et se mit à marcher vers la femme qui l'attendait.

Alma s'alarma et comprit alors que Donika non seulement était dans une phase de folie, mais qu'elle était prise par la démence. Hana prit Donika par la main et la fit asseoir sur une chaise, à l'ombre.
- Nous sommes venues chez vous pour…
- Je sais pourquoi vous êtes venues, dit Hana, lui coupant la parole, sans lâcher la main de Donika. Je vous attendais plus tôt.
- Nous n'avons pas parlé de notre venue auparavant. Elle a des visions ces derniers jours. J'ai peur que…
- Tu n'as rien à appréhender, intervint de nouveau Hana en continuant à caresser le front en sueur de Donika.
- Mais vous étiez témoin de ce qu'elle venait de faire devant vous !
Donika écoutait la conversation et s'étonnait d'entendre la voyante parler avec indifférence et donner l'impression tout savoir. Elle n'avait jamais pensé, auparavant, venir dans un endroit si isolé. La voyante disait qu'elle les attendait, mais elles avaient décidé, il y a trois heures, de venir ici. C'est ainsi qu'elle trompe les crédules ! Elle avait trouvé la formule magique et on tombait dans son piège.
- Tu n'as pas confiance en moi, lui dit la voyante toute impassible.
« Ces mots sont valables pour chacun, car, celui qui est pris par la folie, n'a confiance en rien » se dit Donika.
- Tu es une femme très intelligente, lui dit Hana
« C'est ce que nous disait la police lors des interrogatoires d'information », dit- elle sans ouvrir la bouche.
- Mais moi, je ne fais pas partie de la police ! lui dit Hana, d'une voix impassible.
Donika demeura interdite. Elle resta figée, sans oser parler, ni réfléchir. La voyante, en qui elle n'avait pas confiance, décryptait ses réflexions. Elle prononça même son nom, sans l'avoir entendu prononcer par personne.

- Ce qui te semble être une illusion, le soldat et ton dédoublement, ce n'est pas une illusion.
Elle demeura fascinée et posa sur la voyante un regard fixe.
- Tu es entrée dans un autre segment du monde mystérieux. Cela n'a rien à voir avec la folie. Les individus comme toi sont rares.
Hana parlait calmement. Donika écoutait, et Alma ne comprenait rien. La voyante lui dit que les visions qu'elle avait perçues dans la cour, étaient un signe précurseur de ce qui se passerait dans l'avenir, mais elle n'en connaissait pas l'issue, car il y avait un grand danger, mais elle ne savait pas quand et à qui cela arriverait, à Donika ou au soldat.
En rentrant à Prizren Donika ne cessait de penser à la voyante qui les avait accueillies devant le portail sans être avertie et sur la prédiction des pensées. Ses doutes sur elle se dissipèrent. Elle était inquiète, maintenant, du fait qu'elle l'ait avertie d'un danger menaçant. Elle fut envahie, sans le vouloir, par des frissons accompagnés d'appréhension.
Elle appréhendait de subir un accident de la route, mais Hana lui avait bien dit que le danger ne se produirait pas sur la route mais ailleurs.

CHAPITRE VII

Alain se préparait pour sortir de la salle de réunion des officiers et des responsables de la base, lorsqu'un soldat envoyé par le général de la base se proposa de l'accompagner. C'était la première fois qu'il devait suivre les ordres d'un soldat ordinaire. Il était surpris et se demandait pourquoi le général ne l'avait pas fait appeler par un lieutenant ou un sergent, comme il le faisait habituellement, mais avait envoyé un soldat qui avait l'air d'être inexpérimenté et arriviste.

Il s'évertuait à trouver la raison pour laquelle le général l'appelait à se présenter.

Pendant deux semaines, il avait fait son service sur cette base semi-officielle, il n'avait pas commis de fautes et n'avait pas fait d'infractions.

- Plus vite s'il vous plaît ! Le général est pressé ! ordonna le soldat d'une voix menaçante. Il voulait se montrer sérieux et sévère en exécutant les ordres pour impressionner le général qui regardait par la petite fenêtre de son bureau. Le soldat connaissait les caprices du général au service duquel il était depuis deux mois. Il savait que le général épiait par la fenêtre chaque geste des soldats.

- Devrais-je courir ? dit ironiquement Alain et il lança un regard sauvage qui effraya le soldat. Celui-ci ne

connaissait pas Alain, mais avait entendu parler de son insubordination et des problèmes qu'il provoquait partout où il se trouvait.
Le bureau du général était très petit. Il n'y avait qu'un bureau de travail et deux chaises.
Il n'y avait pas de photos, sauf la carte topographique du Kosovo qui occupait presque toute la superficie du mur en face. Sur le bureau il y avait toutes sortes de lettres éparpillées et seul le général pouvait s'y retrouver.
- Savez-vous pourquoi vous êtes ici ? lui demanda le général d'une voix indifférente, sans le regarder. Il faisait semblant de chercher quelque chose parmi les papiers.
- Non, mon général !
- A cause de vos comportements incorrects. Comportements qui ternissent l'image de l'armée de notre célèbre légion.
- J'ai toujours fait des efforts, durant ma carrière, pour que l'image de l'armée française et notre drapeau soient respectés. Il se peut que j'aie commis des erreurs pendant mon service, mais pas intentionnellement. Je vous prie de me dire en quoi consiste ma faute.
Le général lisait une lettre retirée du dossier et hochait la tête, de temps en temps.
Alain n'était pas capable de comprendre l'expression de la physionomie du général. Le mouvement de sa tête lui laissait comprendre qu'il s'agissait d'une faute grave qu'il fallait expier.
- Les plaintes contre vous sont nombreuses. Il vaut mieux que vous proposiez par où commencer !
- Vous pouvez commencer là ou vous jugez que c'est utile ! dit Alain d'une voix qui le trahissait. Auparavant, il n'avait jamais été amené à répondre devant un général.
- Si je ne peux rien régler, vous devrez vous présenter devant le tribunal militaire à Paris, dit le général avec indifférence.

Quand il entendit les mots tribunal militaire, Alain fut pris par un frisson.
Il ne se sentait pas tellement coupable au point d'être envoyé devant un tribunal militaire. Il était sûr de ne pas avoir violé les règles militaires et il n'avait pas trahi les intérêts de son Etat, mais il fut pris, quand même, par un sentiment d'incertitude et il appréhendait un piège ourdi par quelqu'un. De tels pièges pouvaient être dressés par des gens invisibles qui pourraient être ici, ou à Paris. Il pensa tout de suite à Jean-Marie. Il était capable d'inventer des mensonges uniquement pour voir Alain dépossédé de son uniforme.
- Il s'agit de quelle accusation, mon général ?
- Je peux commencer par la dernière. La base de la KFOR russe a déposé une plainte contre notre armée en vous accusant de ne pas avoir respecté les règlements de l'aéroport contrôlé par eux. Vous avez fait passer du matériel sans contrôle et vous n'avez pas permis aux soldats de passer la frontière par le point réglementaire. Les Russes ont accompagné le convoi de notre armée jusqu'ici et ils demandent, maintenant, la permission de contrôler notre base pour faire les investigations sur ce que nous avons ramené de France, dit le général en fixant Alain.
- Mon général… dit Alain, en désirant lui dire, d'une seule haleine, les informations qu'il connaissait. Cependant, il se domina car il savait que la responsabilité incombait toujours aux inférieurs. Ce n'était pas la première fois qu'on sacrifiait la carrière d'un officier ou d'une personnalité, selon la nature du problème, pour l'intérêt des secrets d'Etat.
- C'était ma faute et j'assume toute la responsabilité.
Le général, content de la réponse, ajouta :

- Le même jour, vous avez rencontré une personne qui se déclare analyste renommé et qui agirait pour l'intérêt des Américains…
- Oui ! J'ai échangé quelques mots avec lui, car il parlait français.
- Il n'appartient ni aux Américains, ni aux Kosovars, il n'est pas des nôtres non plus, mais il agit dans l'intérêt de la Serbie. Le réseau de notre espionnage a découvert que cette personne a communiqué, le même jour, avec Belgrade par internet en faisant usage de code secret. Nous venons, seulement maintenant, de déchiffrer son rapport de trois pages crypté. Il s'agit de votre comportement. Il raconte que les gens qui étaient présents ce jour-là avaient créé une sympathie avec vous et notre armée en motivant l'armée russe pour qu'elle agisse désormais de la même manière.
- Mon geste n'avait pas d'intention précise. J'ai agi d'une manière spontanée.
- Quoi qu'il en soit, vous avez bien fait, dit le général en lui ordonnant de s'asseoir.
- Vous devez vous préparer à subir une punition si les Russes demandent et insistent pour avoir plus d'explications.
- Quant à ma faute personnelle je peux être puni mais notre armée ne doit pas être critiquée ! dit Alain avec une fermeté militaire.
- Vous serez puni sévèrement, dit le général et il alluma une cigarette. Vous devez être prêt à recevoir une punition sévère, si les Russes insistent.
Ceci dépendrait donc de l'insistance des Russes à punir le coupable et aussi de la hiérarchie militaire à Paris. Et tout ceci pour ne pas détériorer les relations avec la Russie.
Le général lui dit que les Russes avaient entamé des mesures punitives à l'encontre d'un de leurs soldats et ils l'avaient transféré de l'aéroport, dès le lendemain à

Daradana, zone dangereuse. Il lui fit part qu'une semaine plus tard, on avait trouvé le soldat mort, une balle dans le dos et une dans la nuque, à quelques mètres de la base où il faisait son service. Et on accuse les Kosovars du meurtre de ce soldat, mais la police internationale a arrêté deux Serbes, Blagoje et Vukasin Stankovich.

- Ici sont confrontés les intérêts de beaucoup de pays, alors il faut que tu vous fassiez très attention ! lui conseilla le général pour lui présenter, ensuite, une multitude de plaintes que Jean-Marie avait déposées, mais lui dit-il, elles ne seraient pas retenues.

Alain avait le droit de ne pas accepter de se sacrifier car il avait agi ainsi suite à un ordre donné. Il avait le droit de demander un avocat militaire et de lui dire qu'avant de partir pour le Kosovo, il avait eu des instructions à Paris de la part d'une personnalité politique, dont il communiquerait le nom, uniquement devant le juge militaire. Mais Alain ne dirait rien même s'il était condamné à perpétuité. Il assumerait toute la responsabilité, comme il l'avait juré avant de partir. On ne savait pas ce qui était caché dans les coffres-forts et il ne voulait même pas connaitre leur secret. Son devoir était de les déposer à la base sans être contrôlés par les Russes.

- Vous avez rencontré un jeune homme et une jeune fille ! lui dit le général, en lui serrant la main avant de sortir. Alain ne comprit pas où voulait en venir le général.

Le soldat, qui avait attendu pendant tout ce temps derrière la porte, l'accompagna jusqu'à la sortie. La première personne qu'il y rencontra fut Jean-Marie qui faisait semblant de s'y trouver par hasard mais qui espérait, en fait, entendre dire qu'Alain était puni par le général. Jusqu'alors personne n'était sorti de ce bureau en souriant et impuni.

Alain passa devant lui en sifflotant l'air d'une chanson comme s'il était tout seul. Jean-Marie était persuadé

qu'Alain avait été puni. Il ne pouvait pas comprendre l'air calme d'Alain, dont il connaissait le caractère et il avait l'impression que ce n'était qu'une nonchalance simulée.
- Tu as l'air d'être heureux ! dit Jean-Marie qui voulait en savoir davantage sur la punition.
- Pourquoi pas ? Le climat du Kosovo me plait, et puis ici la vie n'est pas aussi monotone qu'à Djibouti.
- Comment ça s'est passé chez le général ?
- Très bien.
- Le général n'invite personne à boire un café !
- Moi, si. C'est étonnant que tu ne l'aies pas su !
- Tu caches la vérité ! dit Jean-Marie avec nervosité.
C'était la deuxième fois qu'il voyait Jean-Marie dans un tel état. La première fois avait été dans le hall de l'hôtel « Sheraton » à Djibouti, quand il avait découvert fortuitement ses relations avec Ana, une créature attrayante pour un militaire menant une vie solitaire et isolée dans le désert de Somalie.
Bien que Jean-Marie fasse des efforts pour garder son sang-froid, il ne réussit pas à se maîtriser. Il ne réussit pas à résister aux provocations d'Alain. Il avait fait preuve de patience pendant des années espérant qu'Alain serait puni un jour. Il désirait le voir agenouillé et humilié.
Le soleil inondait la cour asphaltée. Alain, après avoir fait quelques pas, détourna la tête et fixa son ancien rival. C'était étonnant, mais il n'arrivait pas toujours à se rendre compte s'il était dans le désert de Djibouti ou au Kosovo. Des années s'étaient écoulées depuis le jour ou la femme noire avait été trouvée morte dans le désert, à quelques centaines de mètres de l'hôtel « Sheraton ».
A Djibouti, la base se limitait, d'un côté, à la mer, de l'autre côté elle s'étendait jusqu'au désert et, au-delà, à des collines de couleur ocre. Derrière la haute colline qu'on apercevait, le désert s'étendait jusqu'à l'hôtel en bord de mer. Ce désert était différent des autres. Là on voyait

partout des pierres noirâtres. Le corps noir d'Ana avait été découvert entre les pierres noires, se distinguant à peine du paysage. Son meurtre énigmatique l'avait affligé.

- Pourquoi l'as- tu tuée ? dit-il à Jean-Marie
- C'est moi qui dois te poser cette question.
- Je n'avais pas de raison pour la tuer. Au moment de son meurtre, j'étais à la base, et toi, tu étais ivre à l'hôtel.
- Tu as préparé le meurtre.
- Pourquoi tu t'en occupes ? C'est une histoire passée. Tu seras accusé pour les scandales commis ici, dit Jean-Marie.
- Personne ne lira tes rapports contre moi. Ça finit à la poubelle !
- Pas cette fois-ci ! lui dit Jean-Marie, avec fermeté.
- Tes espions t'ont mal informé, lui répondit Alain avec un sourire plein d'ironie.

Il partit sans vouloir discuter davantage. Il avait peur de s'énerver pendant la discussion et de provoquer un conflit physique. Il avait eu l'envie de gifler Jean-Marie plusieurs fois, mais il s'était retenu. Ses pensées revenaient à l'accusation. Si les affaires s'aggravaient avec les Russes, les Français devraient trouver un coupable. Et ce serait Alain. C'était l'évidence. Il se souvint des conseils du général : il faut faire attention dans la vie. Qui pourrait mettre sa vie en danger ? Si l'on préparait un meurtre contre lui, ce ne pouvait être que le fait des gens qui étaient ici. Il se pourrait que le général ou quelqu'un d'autre du quartier, aient programmé cette mort – ce qui servirait de justification devant la presse et calmerait également la base russe.

Alain s'attendait à un procès judiciaire, mais pas à un meurtre dans son dos, comme cela s'était passé avec le soldat russe. Le général avait des informations, mais il ne pouvait pas lui demander plus de détails. L'avertissement selon lequel il pourrait subir le même sort que le soldat russe, lui suffisait. Les autres faits, c'est lui qui devait les connaître. Mais de qui les apprendre? Il savait que le meurtre ne s'accomplirait pas à la base. Cela devrait se passer pendant les exercices, ou bien en ville, lors des jours libres.

Un sentiment d'incertitude l'inquiéta. Jamais auparavant, il n'avait été préoccupé par le sentiment de la mort. Il avait participé à toutes sortes de missions dangereuses. Cependant, ici au Kosovo, la mort se cachait parmi les soldats de sa patrie. Il les connaissait tous et savait bien que, si on le leur demandait, ils le tueraient sans hésiter car la légion les avait formés à exécuter les ordres sans se poser de questions. Il regardait les soldats en face de lui et se demandait lequel serait son meurtrier.

Il prit place à la dernière table où il n'y avait personne. Il s'abîma dans ses pensées sur la mort qui lui paraissait précoce. Elle était précoce, mais il fallait s'y confronter. Il avait toujours imaginé sa mort durant des opérations qu'il accomplissait, quelque part, parmi les rochers ou dans le désert. Il ne savait pas pourquoi il avait choisi les roches et le désert brûlant.

En ce qui concerne la nature de la mort et le lieu, il en avait souvent discuté avec ses camarades de la légion. Ceux-ci avaient des opinions diverses : quelqu'un souhaitait rendre l'âme à Paris où ses proches pourraient lui rendre hommage, un autre désirait mourir au large de la mer pour que les requins puissent se nourrir de son corps. Il y en avait qui souhaitaient mourir d'une explosion puissante et inattendue. A l'exception d'Alain, personne n'avait préféré le désert comme lieu de mort.

Il faisait des efforts pour éloigner ses pensées morbides et revenir sur la journée du lendemain et la ville qu'il n'avait vue que deux fois ces deux dernières semaines. On parlait, à la base, de la ville et des belles filles qu'on pouvait rencontrer dans les cafés au bord du fleuve limpide. Alain n'avait rien remarqué car, chaque fois qu'il s'y était rendu, il devait s'occuper des familles serbes qui restaient enfermées et on ne voyait que des maisons brûler.

CHAPITRE VIII

Ce matin-là Donika voulu prolonger son sommeil, sans se soucier de savoir si Alma l'attendait au bord du Pont de la Pierre, mais elle se leva plus tôt que d'habitude, parce qu'elle ne pouvait pas rester au lit sans rien faire. Malgré les événements, elle se sentait pleine d'énergie mais pas tout à fait joyeuse. Elle avait envie de sortir, de voir et de sentir l'air frais matinal au bord de la rivière qui divise la ville en deux.

Donika marchait dans la rue principale de la ville en regardant les vitrines des magasins.

Depuis trois ans c'était la première fois qu'elle y prêtait attention. Elle se promenait toute seule dans la ville où elle ne s'était pas baladée depuis si longtemps.

Elle traversa le carrefour en face de l'ancienne caserne servant de base, actuellement, aux troupes allemandes, passa le trottoir étroit en admirant les affiches des magasins. Elle s'étonnait des changements que la ville avait subis en trois ans. Les magasins, auparavant cassés et pillés, brillaient, sans trace d' actes barbares. La ville lui semblait miraculeuse ce matin-là et elle regrettait d'avoir été, jusqu'à maintenant, si indifférente, comme si la vie s'était arrêtée. Sa concentration sur la recherche des traces de son mari disparu l'avait éloignée du monde qui l'entourait. Elle avait l'impression de n'avoir jamais vu la ville, même si elle passait tous les jours, dans les mêmes rues. Elle se sentait comme une immigrée venant de rentrer dans son pays et s'émouvant de tout, du premier coup, si étrangère pour ses proches et pour sa ville. Une force invisible lui rendait la vie maintenant.Tout d'un coup elle sentit qu'une chaleur pénétrait son corps, depuis le bout des doigts, lui traversait la poitrine et lui montait à la tête. Elle ressentit un affaiblissement et, un peu plus tard, une défaillance. Elle ne voyait plus clair. Elle appuya son dos contre un arbre, au bord du trottoir récemment restauré. Sur son visage blême, se marquaient les traces d'une lourde et pénible fatigue. Elle faisait des efforts pour percevoir les choses. Elle regardait les mouvements des gens. Elle n'entendait ni leurs pas, ni les bruits des véhicules, ni les sons des mélodies qui venaient des cafés et des maisons.

La foule des gens marchait sans faire de bruit et lui paraissait étrange. Elle ne savait pas ce qui lui arrivait, si elle était malade ou si son esprit lui jouait encore des tours, et si la folie prenait le contrôle de sa vie ? Elle voulait se convaincre qu'elle revenait à la réalité. Elle appréhendait d'aller vers quelque chose d'inconnu. Elle s'efforçait de se rappeler du moment où elle a commencé à se reclure. Dès l'instant de la disparition de son mari, à partir de ce moment, tout lui était apparu absurde et muet. En très peu de temps elle fit le tour de sa vie sans pouvoir déterminer le moment où elle a vraiment basculé dans l'isolation. Elle avait connu des moments durs et des souffrances psychiques, mais elle considérait que le fait d'avoir mis sa vie entre parenthèse pour se consacrer à la recherche de son mari était justifié. Même si certains parlaient déjà d'elle comme la belle veuve folle.

L'apparition de la vision avec le soldat inconnu, la voyante et le mouvement des gens qui se déplaçaient, maintenant, sans faire de bruit, tout ceci l'alarma. Elle serra, avec toute sa force, l'écorce âpre du tronc de l'arbre pour se convaincre qu'elle était bien éveillée. Elle sentit

une douleur légère et aperçut des gouttes de sang qui lui rougissaient la paume. Elle rassembla ses forces et continua sa marche comme si rien ne s'était passé. Son but essentiel était : se débarrasser de l'idée qu'elle était folle, continuer la vie et se rapprocher des choses qui l'entouraient, contrôler et maîtriser sa conscience. Préoccupée par ce qu'il venait de se produire, elle justifiait cela par une mauvaise alimentation et sa détermination à découvrir la tombe de son mari.
Elle regarda la foule. Elle remarquait, dans le visage de chacun, le désir d'une vie nouvelle, la volonté de travailler, malgré les souffrances qu'ils avaient traversées et les tracas de la crise actuelle qu'on pouvait facilement lire sur leurs visages marqués par des rides et des regards fuyants. La plupart d'entre eux avait perdu un ou plusieurs de leurs proches, mais ils continuaient à vivre la vie telle quelle. Dans cette atmosphère Donika cherchait, pour la première fois, à ce que la vie continue. Elle marchait lentement en essayant de se convaincre que ce qu'elle voyait, ce qu'elle entendait et ce qu'elle touchait étaient bien réels. Elle voulait vivre ce présent et y participer activement.
Elle regardait les vitrines des magasins remplis de différents costumes, importés de tous les pays du monde. Sur les affiches des vitrines on lisait en majuscules « Soldes saisonniers » en plusieurs langues. Elle ne trouva sur aucune affiche l'inscription en langue albanaise. Ici, on offrait peut-être la vente, uniquement aux étrangers en service au Kosovo, pensait-elle. Et les robes de mariage ? Les soldats étrangers ne les achètent pas ! Là, son regard s'attarda. Ensuite elle se dirigea vers le centre-ville.
Le soleil répandait ses rayons seulement d'un côté du trottoir, et l'autre côté était à l'ombre des maisons. Chaque magasin propulsait leur chanson jusqu'à l'extérieur. On entendait, quelque part, des chansons anglaises, ailleurs

des chansons allemandes, françaises ou encore italiennes. On aurait dit que les vendeurs se faisaient concurrence à coups de mélodies. Ni les passants, ni les habitants qui demeuraient au-dessus des magasins ne se plaignaient de cette bruyante musique qui faisait partie de leur pauvre quotidien.

Cependant, on voyait très peu de gens entrer dans les magasins et sortir avec des achats. Ils y entraient avec plaisir, mais en sortaient les lèvres serrées et, après avoir fait quelques pas, criaient au vendeur que ses prix étaient trop élevés. On ne pouvait rien acheter moins cher qu'à Paris ou à New York, sauf de la farine, du sucre et du sel. Les autres prix étaient inabordables pour la population.

Donika passa à côté du bâtiment de la poste centrale, se faufila sur le trottoir de l'hôtel « Theranda », sans lever le regard vers la terrasse et se trouva en face du Pont de la Pierre. De l'autre côté du pont elle aperçut Alma qui causait avec quelqu'un qu'elle ne pouvait pas reconnaître de dos.

- Tu es ponctuelle ! lui reprocha Alma, presque fâchée.

- Cela ne m'arrive pas souvent, se justifia Donika, mais aujourd'hui j'ai contemplé les vitrines et, sans trop savoir, je m'y suis attardée.

- Moi, je t'ai attendue plus que d'habitude.

- Je ne sais pas si je dois dire « Bonne matinée ! » ou « Bonjour ! » dit le bonhomme qui accompagnait Alma.

- J'ai failli ne pas te le présenter, s'empressa Alma. Sami est un intellectuel indépendant et passe tout son temps avec les étrangers.

Donika lui tendit la main, tandis que Sami s'inclinait avec délicatesse pour la saluer.

- En France on dit, dès le matin et jusqu'au soir « bonjour », dit Sami d'une haute voix et d'une attitude théâtrale. Il s'appliquait à faire impression sur Donika,

pour montrer qu'il avait une grande culture et qu'il avait voyagé dans le monde entier.
- Je ne savais pas cela, mentit Donika. Elle avait lu beaucoup de ses articles dans les journaux où Sami écrivait. Il était connu comme une personnalité d'influence dans le pays. Donika se le rappela et songea qu'il pourrait l'aider à éclaircir le cas de son mari.
- Je connais Paris, la vie mondaine parisienne comme ma poche, dit Sami, sans changer le timbre de sa voix.
Alma l'avait mis au courant que Donika était professeur de français et que son rêve était de visiter Paris. Elle lui avait fait part du cas de Donika. Elle croyait que si Donika trouvait une nouvelle amitié elle n'aurait plus d'hallucinations. Elle ne passerait pas son temps à visiter des cimetières et des fosses communes. Elle avait peur qu'elle ne devînt folle si elle restait tout le temps enfermée. Elle savait que Donika était contre les amours arrangées, c'est pourquoi elle ne lui avait pas dit que Sami serait au rendez-vous.
Dès les premiers mots, Donika se rendit compte que Sami n'était pas aussi intelligent qu'on le présentait dans la presse. Il avait l'air d'avoir de la facilité pour s'exprimer et s'efforçait de laisser entendre qu'il savait tout et connaissait un grand nombre de personnalités. Donika hésitait à lui demander s'il avait des informations sur les disparus, mais elle y renonça car la conversation avec lui devenait de plus en plus monotone. Elle pensait qu'il aurait été mieux de ne pas l'avoir rencontré et d'avoir gardé la bonne réputation qu'elle avait de lui par les médias.
- Avez-vous visité le Louvre ? lui demanda Donika par curiosité.
Elle ne voulait pas qu'il comprenne que la conversation avec lui l'ennuyait.

Le garçon de café ouvrait les parasols sur les tables. Deux jeunes qui étaient assis en face de la table de Donika, demandèrent au garçon d'augmenter le son de la radio qui émettait une chanson de Britney Speers. L'un des jeunes, tête rasée et quelques poils de barbe, regardait intentionnellement Donika en se mordant, de temps en temps, les lèvres. Donika essayait d'échapper à son regard et s'approchait de Sami afin d'éviter le jeune homme qu'elle considérait comme un petit idiot. Deux soldats français se tenaient sur le Pont de la Pierre, les regards fixés vers le château. On aurait dit qu'ils admiraient la rivière serpentant entre les montagnes derrière le château et qui passait sous leurs pieds. Les soldats demandèrent à un passant de les photographier tous les deux ensemble.

- Oui répondit Sami, mais, croyez-moi, après deux heures je suis sorti tout déçu. Il fit une pause. Il ouvrit un paquet de cigarettes et en offrit aux femmes. Elles refusèrent. Il en alluma une et continua : Il y avait de tout et de rien. Le Louvre, c'est un endroit idéal pour les vieillards.

- Je ne le pense pas, dit Donika.

Elle voulait lui dire qu'il mentait, qu'il n'avait pas de formation culturelle et qu'il n'était pas un intellectuel, mais elle pensa à son mari disparu. Il pourrait l'informer, peut-être, grâce à ses contacts avec les étrangers. Elle était toujours obsédée par la recherche de preuves de la mort de son mari ou de son incarcération. Elle espérait que toute personne venant de Pristina pourrait l'aider.

- Tous ceux qui ne l'ont pas vu pensent comme ça, dit Sami.

- Je dis ce que j'ai lu et, peut-être, vous avez raison, répondit Donika.

Elle décida de ne pas continuer la discussion et fit signe à Alma de lever l'ancre. Sami faisait semblant de lire le journal afin de ne pas se lever tout de suite après elles.

Les deux soldats français rencontrèrent les femmes à la fontaine de Shatervane pas loin du Pont de Pierre. Cette rencontre semblait spontanée, mais en fait, les soldats avaient suivi Donika et créé les circonstances pour donner à la rencontre une apparence fortuite.

- Donika, nous nous excusons de vous déranger ! Nous avons quelque chose à vous demander, dit l'un des soldats français en sa langue.

- Allez-y, s'il vous plait ! dit-elle, comme si elle attendait avec impatience cette rencontre.

Alma resta ébahie. Elle croyait que Donika avez fixé le rendez-vous plus tôt et qu'elle connaissait les soldats depuis longtemps. Puisqu'elle l'accompagnait, elle devait la suivre jusqu'au bout. Elle jeta un coup d'œil à Donika afin de lui demander ce qu'elle faisait et comment elle avait fait la connaissance avec les soldats.

Brusquement Donika revint à ce qu'elle faisait. Elle voulut dire à Alma qu'elle rencontrait les soldats pour la première fois ; cependant, il lui semblait qu'elle avait passé des années avec eux. Elle se souvint aussi de sa vision et des paroles de la voyante et fixa son regard sur les visages des soldats. Elle comparait le soldat apparu dans sa vision avec les soldats qui étaient en face d'elle, et elle promenait son regard de l'un à l'autre. La couleur de leurs cheveux était la même. L'uniforme aussi. Il leur manquait quelque chose pour que la vision et la réalité soient les mêmes. Mais quoi ? Il y avait quelque chose de distinct, mais elle n'arrivait pas à comprendre quel était ce trait différent. Les traits du visage n'étaient pas les mêmes que ceux du soldat dans la vision. Si elle trouvait des ressemblances suffisantes, elle avait décidé de ne pas tomber amoureuse de lui, même sous l'influence d'une force surnaturelle. Comment tomber amoureuse puisque son mari pouvait être encore vivant ? Ou, s'il ne l'était pas, comment pourrait-elle tomber dans les bras de quelqu'un avant qu'elle ne le trouve et ne l'enterre. Elle avait entendu qu'un prisonnier s'était évadé deux ans après la fin de la guerre et était arrivé, sain et sauf, à la maison ! La famille avait trouvé sa montre avec ses initiales, après la guerre, dans un cimetière, alors que tout le monde croyait qu'il était déjà mort. Ils avaient enterré, à sa place, un autre corps carbonisé. Lorsque le fils qu'on croyait mort était rentré, ses parents en restèrent interdits, entre la joie et la tristesse. Sa femme s'était déjà mariée avec quelqu'un d'autre. Quand il eut tout compris, le fils se suicida. Donika était allée demander s'il avait des informations sur son mari afin qu'il ne se suicide.

La même chose aurait pu arriver au mari de Donika. Comment pourrait-elle tomber amoureuse de quelqu'un d'autre ? Il y avait des moments où, étendue sur le lit, avide de caresses de la main d'un homme, elle fermait les yeux et se tortillait en se serrant les seins et en faisant glisser sa main jusqu'à la broussaille entre ses jambes. Elle imaginait toujours son mari, même lors de ce rituel secret.

Avant la vision, elle n'avait jamais pensé à faire la cour à quelqu'un d'autre, surtout pas un étranger.

- On va marcher, ou bien s'asseoir dans un café ? demanda le soldat.

- On va s'asseoir ! répondit-elle, étourdie.

Le café, sur la terrasse de laquelle ils prirent place, n'était plus qu'à dix mètres de la fontaine de Shatervane. Il était midi, les jeunes grouillaient dans la rue pavée. C'était la seule rue de ville où la circulation des voitures était interdite. (On voyait, de temps à autre, seulement des blindés allemands et turcs).

- Nous n'imaginions pas votre pays comme ça, dit le soldat.

- Et comment alors ? demanda Donika.

- On nous avait dit que c'était un pays arriéré.

- Vous croyez trouver l'Afrique ici ?

- A vrai dire, oui, dit le soldat, tout rouge. On nous a dit que les femmes restent enfermées et que les hommes sont rudes et sauvages. Mais ici, nous ne voyons aucune différence par rapport à notre jeunesse parisienne. Ici les filles découvrent même leur nombril.
- Les jeunes sont pareils partout dans le monde, dit Donika qui s'intéressait plutôt à la raison de la discussion.
L'autre soldat se taisait. Il écoutait avec attention la discussion et scrutait le mouvement des gens. Les deux jeunes qui avaient demandé au garçon d'augmenter la musique, restaient debout en face de Donika, au milieu de la rue et, de temps en temps, taquinaient les passantes.
- S'il vous plaît, dites-moi, de quel sujet voudriez-vous discuter ? dit Donika sans comprendre pourquoi ces visages lui paraissaient si connus.
- L'officier de notre base voudrait vous parler. Quand serez-vous libre ?
- Comment connaissez-vous mon prénom ?
- Tu nous l'as dit toi-même.
- Moi ? Quand ? demanda-t-elle, étonnée.
- Quand vous étiez en train de vous promener toute seule, dans la montagne interdite à la population. Vous l'avez oublié ?
Elle fut ravie et se sentit rassurée de s'être débarrassée de sa vision. Prise de joie, elle se mit à rire à haute voix.
- Il n'y a que les putains qui fréquentent les étrangers et qui rigolent comme toi ! lui dit le jeune à la tête rasée qui l'avait observée à plusieurs reprises.
Son regard menaçant fit cesser son hilarité.
Elle suivit du regard le jeune qui disparut dans la foule. Les soldats demandèrent la traduction des propos du jeune, mais Donika ne dit rien. Elle leur dit qu'elle se rendrait à leur base, demain à dix heures.
Si elle quittait les soldats, elle fournirait des arguments aux jeunes, montrant qu'elle avait peur d'eux. Si elle

restait avec eux et qu'elle continuait la conversation, cela irriterait les jeunes qui la suivaient de loin. Elle avait entendu parler d'un groupe de jeunes qui suivaient les femmes et les empêchaient de fréquenter les étrangers. Or, c'étaient des cas survenus dans les premiers mois qui suivirent la libération. Depuis un an et demi on ne parlait plus d'enlèvements de filles. Personne n'a jamais connu les origines, ni les raisons des enlèvements. Dans la presse on écrivait beaucoup sur les enlèvements mais on ne parlait jamais d'arrestations des criminels responsables. C'était une période sombre où la peur régnait partout au Kosovo. Chacun se pressait de terminer son travail et de s'enfermer avant l'obscurité de la nuit. Les écoles faisaient rentrer chez eux les élèves plus tôt que d'habitude. Les magasins fermaient aussi. Dans les rues on ne voyait même pas les patrouilles de la police internationale. De temps à autre circulaient des ambulances. A neuf heures du soir la ville avait un aspect désert. Les gens n'étaient pas inquiets uniquement pour leurs enfants mais pour leur vie aussi car, il y avait des cas ou des bandits armés et masqués bloquaient le chemin et maltraitaient les gens en les pillant, en leur prenant l'argent qu'ils avaient sur eux. Ils faisaient irruption, de force, dans les maisons, volaient tout et exécutaient ceux qui résistaient. On disait que c'étaient des groupes de crime organisé, venus de l'Albanie ou de la Serbie, mais tout le monde murmurait dans les conversations familiales, qu'ils avaient un indicateur à l'endroit où ils opéraient. Un pays sans foi ni loi, le Kosovo de cette époque-là.

Les habitants de Prizren et des alentours avaient encore des souvenirs tout frais du kidnapping du propriétaire du restaurant « Sharri », le plus connu de la ville. Chacun connaissait son histoire, même si les médias se taisaient. On racontait que des hommes masqués avaient fait irruption dans sa maison, lui avaient bandé les yeux et l'avaient emmené quelque part. Deux jours plus tard, ils avaient demandé à sa famille une rançon si élevée que les citadins croyaient qu'il ne reviendrait jamais vivant car personne ne pouvait payer une somme aussi importante. Deux semaines après, la famille ayant déjà payé la somme demandée dans un pays voisin, selon les ordres reçus par les ravisseurs invisibles, le propriétaire fut libéré et hospitalisé pendant dix jours, mais il ne dit mot sur les kidnappeurs.

Tout ceci faisait réfléchir les gens qui pensaient que le temps tournait à l'envers.

Elle jeta son regard sur la rue bondée de gens pour se convaincre que cette époque était déjà passée. Les gens souriants dans les cafés et dans la rue démontraient que tout était passé.

- Vous ne m'avez pas dit, ce que vous a dit le jeune homme ?, dit le soldat, coupant court à ses méditations.

- Rien d'important, répondit Donika en se levant.

De l'Est venaient des nuées qui ressemblaient à la fumée de l'explosion énorme des bombes de l'OTAN d'il y a trois ans.

Donika se sépara d'Alma et continua à marcher toute seule. Elle était prise d'un sentiment de panique.

De temps en temps elle tournait la tête en arrière pour regarder si les jeunes la suivaient.

Le bruit des voitures et des gens ne pénétrait pas dans la chambre de Donika. L'obscurité et le silence ordinaire du couvre-feu avaient envahi la ville. Les éclairs de tonnerre pénétraient à travers les rideaux en éclairant pendant quelques secondes la chambre mi-sombre où Donika lisait à la lumière blafarde de la chandelle. Les réductions d'électricité (quatre heures en noir et deux à la lumière) et sans aucun réseau téléphonique rendaient terriblement nerveuse Donika. Il lui semblait qu'on était revenu au Moyen-Age.

Les éclairs, la sonorité sourde du tonnerre qui venait de loin et la lumière faible de la chandelle gênaient sa concentration. Elle abandonna la lecture et se leva pour fermer la porte de la terrasse claquée par le vent. Un éclair lui sembla disperser les nuages, se dissipa, d'un coup, en quelques lignes zigzagantes, la plus grosse piqua comme une flèche, quelque part dans la ville. Après on entendit une très forte explosion qui fit vibrer les vitres des fenêtres. Donika ferma la porte, vérifia si toutes les fenêtres étaient bien fermées et baissa les gros rideaux.

Malgré le manque de sommeil elle décida de s'étendre sur le lit en laissant la chandelle allumée. Les grondements assourdissants du tonnerre étaient accompagnés d'une ondée de grêle qui heurtait les fenêtres.

Donika entendit que quelqu'un frappait à la porte de son appartement. Elle leva la tête et écouta en pensant que, peut-être, le vent remuait quelque fenêtre ouverte oubliée. Elle entendait des coups rythmés à la porte, comme si c'étaient des coups de quelqu'un de bien connu qui venait pour une nécessité urgente. Peut-être, c'était Alma. Elle avait eu rendez-vous avec son amant et, après le couvre-feu, elle n'avait pas osé rentrer chez elle. Ces derniers temps elle avait souvent dormi chez Donika, mais quand elle n'y passait pas, elle lui téléphonait et lui disait que si elle rencontrait, par hasard, son mari, elle devrait lui dire qu'elle avait dormi chez elle. Le mari d'Alma avait de la compassion pour Donika et avait permis à sa femme de lui rendre souvent visite. Il ne pensait pas qu'elle s'amusait dans le lit d'un coureur de femmes.

Donika ne voulait pas se mêler de ses affaires mais elle était devenue, sans le vouloir, complice de ce complot ordurier. Le premier mensonge, elle l'avait fait accidentellement et sans le savoir, il y a longtemps, lorsqu'elle avait rencontré Alma et son mari qui lui avait demandé comment elle se sentait après la nuit de la veille.

Demeurée à court d'arguments, sans savoir de quelle soirée il s'agissait, elle lui dit qu'Alma l'avait beaucoup soulagée et qu'elle n'oublierait jamais ses petits soins.
La trahison d'Alma envers son mari créait des remords dans l'esprit de Donika, d'autant plus qu'elle y était mêlée. Elle avait demandé tant de fois à sa copine pourquoi elle le faisait et elle lui répondait à chaque fois que l'illusion qui pouvait les unir était déjà compromise. Son mari ne pensait plus à lui acheter des fleurs, ni lui dire qu'elle avait de beaux yeux, ni lui faire des compliments. Son amant, par contre, ne cessait de s'émerveiller sa beauté. Elle savait que les compliments de ce coureur de jupons n'étaient que des mensonges, cependant elle était femme et elle préférait cela au silence de son mari. En fin de compte, ceci l'incitait à se sentir comme une vraie reine.
Après tout cela, Donika lui avait dit de ne pas venir chez elle avec son amant. Cela, elle ne pouvait le tolérer.
Le grondement terrible d'un tonnerre qui semblait s'être déchargé tout près, lui sembla répéter les frappes à la porte.
Elle s'approcha lentement de la porte, la chandelle allumée à la main ; elle s'arrêta et retint sa respiration, guetta pour vérifier si l'on frappait à sa porte ou chez les voisins.
- Qui est-ce ? dit-elle timidement.
- C'est moi ! répondit quelqu'un de l'autre côté.
Donika eut l'impression que c'était une voix féminine. La voisine d'en face demandait une chandelle.
- Mais qui êtes-vous ?
- C'est moi ! Ouvre !
La voix de l'autre côté lui parut maintenant plus énigmatique. Donika tourna la clef et sans qu'elle ait manœuvré la poignée, la porte s'ouvrit brusquement et faillit lui heurter le visage. Deux mains fortes lui fermèrent

la bouche et une lumière lui aveugla le regard. La porte fut fermée impétueusement par un individu que Donika ne put reconnaître à cause de la lumière éblouissante de la lampe de poche. On la traîna jusqu'au salon.
- Tu n'as pas le droit de t'acoquiner avec nos ennemis ! dit celui qui lui éblouissait la vue.
- Tu es une putain qui mérite une punition ! dit l'homme qui lui tenait la bouche fermée. Elle essayait de leur dire, avec des gestes, de lui libérer la bouche car elle ne crierait pas et ne demanderait pas secours. Elle tenait à leur dire la vérité et la raison pour laquelle elle avait rencontré les Français.
- Ton Français ne pourra pas reconnaître ta figure demain ! dit celui qui tenait à la main un petit scalpel.
- Non ! Pour le moment nous avons l'ordre de ne pas lui abîmer la beauté ! dit celui qui lui tenait la bouche fermée, mais si elle continue, elle ne pourra jamais reconnaître sa figure. Nous sommes l'âme invisible de ce peuple. Nous nous déplaçons partout dans la nuit comme la journée. Nous surveillons les mouvements de tout le monde.
- Vous vous trompez ! réussit à dire Donika, libérez-moi un peu.
- Non, nous ne nous trompons jamais ! lui répondit la voix et on la frappa si fortement qu'elle s'évanouit.
Deux heures plus tard Donika se retrouva étendue de tout son long sur le plancher. La chandelle était éteinte et le noir régnait dans le salon. Elle toucha ses mâchoires et glissa les doigts sur le sang séché sur ses lèvres. Tout s'était passé à la vitesse de l'éclair.
Elle se leva et se dirigea vers la porte, la ferma, s'approcha de la fenêtre et écarta les gros rideaux.
Dehors, il ne grêlait plus mais il pleuvait une pluie fine avec des éclairs de temps en temps. On avait l'impression

que durant la nuit, toute l'eau se déchargeait pour ne pas laisser les plantes sécher sous le soleil brûlant.

CHAPITRE IX

Donika descendit les escaliers en se tenant à la rampe usée. Elle descendait à pas lents, comme si elle comptait les marches.

Arrivée au rez-de-chaussée, elle s'appuya contre la porte de l'entrée principale et jeta un coup d'œil dans la cour de l'immeuble, où des enfants s'amusaient à courir après un chiot. Elle respira profondément l'air matinal, purifié par la tempête de la veille. Les rayons du soleil avaient dissipé l'obscurité cafardeuse et angoissante de la nuit agitée. Le sol, fissuré par la sécheresse, avait absorbé toute l'eau de l'averse abondante.

Elle ferma la porte et appuya la tête sur le volant. Elle ne se préoccupait pas de ces gens invisibles qui la suivaient peut-être. Ils étaient des ombres que ses yeux innocents ne pouvaient apercevoir. Elle voulait savoir qui les avait incités à lui faire du mal. Pourquoi voulaient-ils lui imposer par la force leur mode de vie ? Qui se cachait derrière ces gens masqués qu'on ne voyait jamais ? On parlait d'enlèvements, mais la presse ne faisait pas mention d'individus kidnappés, c'est pourquoi on croyait que ce n'était que manigances de dirigeants qui avaient échoué politiquement.

Donika pensait de même avant la nuit précédente. Cependant, ils avaient fait irruption chez elle et l'avaient frappée. Elle savait qu'elle n'avait pas les moyens de les démasquer.

Donika pensa qu'il fallait appeler Alban. Il pourrait, peut-être, la délivrer de cette situation sans issue. Se rendre à la police ? Elle n'avait pas confiance. D'abord, les interprètes pouvaient être des collaborateurs, ensuite, même si les interprètes ne l'étaient pas, les hommes masqués de la veille l'auraient fait suivre. Il valait mieux oublier tout. Désormais, ni la souffrance, ni la mort ne lui paraissaient dignes.

Elle décida de se rendre au rendez-vous avec les Français, bien qu'elle sache qu'elle serait épiée. Elle était curieuse de savoir de quoi les Français l'accusaient. On la condamnerait, peut-être, à cause de ses randonnées à la montagne interdite.

Elle mit sa voiture en marche et prise par un étourdissement, elle faillit écraser un enfant qui courait derrière un petit chien. Les autres enfants se mirent à crier et la traitèrent de folle.

Elle conduisait la voiture en se demandant : que voulaient d'elle les Français ? Elle abandonna la voie asphaltée et s'engagea sur une route couverte de sable. Cette route était droite et large, et menait au fond de forêts épaisses. Devant les portes de la base française, Donika expliqua longtemps au garde qu'elle avait rendez-vous avec un officier nommé Alain. Le garde eut quelqu'un au bout de la liaison radiophonique et, après quelques instants de chuchotements, il lui fit signe de continuer. Le soldat de garde la regardait avec étonnement. Il la prenait, peut-être, pour une pute qui trainait avec les soldats. Donika eut le sentiment d'être dépourvue de dignité. L'idée lui vint de faire demi-tour. S'ils avaient des accusations contre elle, ils n'avaient qu'à l'interpeller au tribunal. Mais, comment retourner en arrière ? Ceci susciterait d'autres suspicions. Elle continua à rouler bien qu'elle eût le pressentiment de courir un danger.

L'avertissement donné par la voyante de faire attention aux dangers, elle le prenait au sérieux en ce moment. Or, Donika ne l'avait-elle pas provoqué elle-même ? Les soldats avaient demandé à discuter avec elle. Beaucoup de femmes travaillaient comme interprètes, et beaucoup d'entre elles faisaient l'amour ouvertement avec les étrangers, et les gens faisaient semblant de ne pas le savoir ! Pourquoi devrait-on l'attaquer elle ? Comment expliquer qu'elle ne faisait que suivre son destin, guidée par des puissances surnaturelles ? Tout d'abord, elle avait eu des visions, ensuite le contact réel avec les soldats, puis les gens masqués, et elle était venue de nouveau chez les Français, inconsciemment, pourrait-on dire.
La peur et la tristesse de la veille provoquées par ses poursuivants secrets lui avaient enlevé cet amour inconditionnel pour son peuple. Elle ne pouvait pas supporter une vie imposée. Si quelqu'un a décidé de me tuer, qu'il le fasse le plus tôt possible, s'était-elle dit le matin lorsqu'elle se maquillait.
Elle arriva à la base française juste au moment où les soldats commençaient à se reposer après des exercices qui avaient duré deux heures. Elle perdait sa respiration à cause de l'air raréfié et de la sueur des soldats. Donika marchait le front haut sous le regard avide des soldats.
- Bonjour Madame ! la salua Alain qui était désigné pour l'accueillir.
Donika s'assit sur une chaise face à lui. Elle avait une attitude froide. Elle avait l'air d'une accusée devant un juge, mais n'affichait aucun signe d'appréhension sur son visage.
Son regard s'arrêta plus longuement sur le visage d'Alain et elle compris instantanément qu'il faisait partie de son nouveau destin. Le mystère qui l'accompagnait ces derniers jours et l'avait amenée jusqu'ici, commençait à lui dévoiler le nouveau cours de sa vie, elle comprenait

qu'à partir d'aujourd'hui plus rien ne serait plus pareil. Curieuse et excitée, elle voulait accélérer les événements sur son chemin, surtout après l'aventure de la veille au soir. Ne plus vivre en suspens, dans une attente qui l'effaçait de sa propre vie.

Après s'être assise et avoir allumé la cigarette qu'Alain venait de lui tendre, elle songea à toutes ces personnes croisées, sans jamais avoir su singulariser leurs visages, ni ceux des soldats, ni celui qui avait hanté sa vision. Elle scruta le militaire, le moindre trait qui définissait si harmonieusement son visage. Elle reconnaissait ses lèvres, ses sourcils, sa posture. Individuellement, ces traits lui étaient familiers. Elle espérait qu'Alain soit l'homme de sa vision. S'il l'avait invitée dans cette base où les civils n'avaient jamais mis les pieds, c'est qu'il avait un secret à dévoiler. S'il n'en était pas ainsi, alors pour quelle raison se serait-il risqué à l'inviter à cette base secrète ? C'est ce qu'elle voulait lui dire, mais elle crut qu'il serait mieux qu'il commençât à parler le premier. Si le soldat n'était pas sur la même longueur d'onde, il la prendrait pour une folle ou pour une hallucinée.

Un soldat apporta deux cafés.

- Ne vous inquiétez pas ! Vous savez pourquoi je vous ai invitée, dit Alain.

Le battement de son cœur s'intensifia. Elle était persuadée que c'était lui. Même si elle avait du mal à comparer un souvenir si flou. Elle le sentait !

- Vous parlez très bien le français. Où l'avez-vous appris ? Etes-vous allée en France ?

- La langue et la culture françaises m'intéressent beaucoup. C'est un film que j'ai vu lorsque j'avais dix ans qui m'a inspiré cet intérêt. Je ne comprenais pas la langue, mais je me souviens qu'il s'agissait de l'amour entre deux jeunes dont l'image m'est toute fraîche encore aujourd'hui. Dès ce moment, j'ai décidé d'apprendre la

langue française afin de revoir le film et de comprendre cette belle histoire.
Donika lui parla des écrivains classiques et contemporains français et ajouta qu'elle désirait lire de nouveaux livres mais, malheureusement, il n'y en avait pas au Kosovo. Elle parlait avec enthousiasme de la France, de la littérature, du cinéma, du théâtre, de quelques Albanais qui travaillaient à Paris, particulièrement d'un acteur qui travaillait à la Comédie Française et qui était connu comme l'un des meilleurs acteurs du théâtre.
Donika parlait tout en buvant le café à lentes gorgées, tandis qu'Alain était plongé dans ses yeux qui lui semblaient de plus en plus magiques. Son charmant sourire dévoilant discrètement ses dents blanches, charmait le militaire. Donika ne riait pas, ne parlait pas mais elle exhalait cette énergie d'amour enfouie tout au fond d'elle depuis si longtemps. Alain n'avait jamais entendu une voix si douce et jamais vu un visage si angélique. Les représentations d'anges qu'il avait pu admirer dans les plus beaux musées étaient devenues fades d'un coup, face à la splendeur qu'il admirait à l'instant. Elle lui semblait parfaite, et il était convaincu qu'un ange devait être peint à partir de son modèle.
- Parlez-vous d'autres langues ?
- L'anglais.
- Grâce à ces deux langues vous auriez pu travailler comme interprète et gagner cinq fois plus.
Alain se leva pour ouvrir la fenêtre et en revenant posa légèrement la main sur l'épaule de Donika en frôlant le bout de ses cheveux. Donika sentit son corps parcouru par un frisson tellement agréable. Elle voulut retenir cette main. Alain revint à sa place et ne put dévier son regard des yeux de la belle, elle le soutint. Le silence ne gêna pas, il libéra l'espace.

Tous les deux avalèrent la dernière salive presque simultanément, et prirent une très profonde respiration.
- Je n'ai jamais pensé travailler comme interprète. Je trouve plus de satisfaction avec mes élèves.
- Puisque vous connaissez des langues étrangères, vous avez certainement des contacts avec les Anglais aussi ?
- Non. Vous êtes les premiers étrangers avec lesquels j'ai des contacts.
- Donc, vous n'avez pas eu de contact avec les Russes ?
- Prizren n'est pas leur secteur et puis les Russes n'osent pas se déplacer aussi librement que vous autres, soldats de la KFOR.
- Pourtant ils se déplacent.
- Oui, oui, mais uniquement sur des chars blindés.
- Quand ils s'assoient dans un café, est-ce que les gens du pays les accompagnent ?
- Non ! Comme si personne ne les supportait. C'est presque pareil avec les Français.
- Nous ne sommes pourtant pas comme eux. Nos avions bombardent la Serbie. Sans nous, les Américains n'auraient rien pu faire.
- Ici tout le monde pense que vous avez divisé Mitrovica comme c'était le cas de Berlin jadis.
- Mitrovica est un cas très délicat qui devrait être résolu politiquement. Quand bien même, les Américains seraient intervenus à notre place, la ville aurait tout de même été divisée. Prizren était, au début, notre secteur, ensuite on nous a affecté le nord du Kosovo. Nous aurions préféré refuser, vu l'hostilité présente à Mitrovica.
- Probablement, mais l'on vous reproche cette partialité envers les Serbes. Les Albanais ont rendu volontairement leurs armes, mais vous avez laissé les Serbes encore armés. Jusqu'à maintenant, aucun de vos soldats n'a été tué, on dit que pour assurer leur sécurité vous collaborez

avec les deux parties, mais vous privilégiez l'autre côté, en les laissant armés.
- Nous approuvons ce geste de conciliation de la part des Albanais, mais nous savons qu'ils ont encore des armes cachées. En tout cas, ce n'est pas le sujet de cette rencontre.
Alain se leva. Il fit quelques pas dans le bureau étroit. Il voulait lui dire pourquoi il l'avait invitée, mais la beauté de Donika le troublait.
- Vous savez certainement pourquoi nous vous avons invitée, lui dit-il, toujours debout. Il s'efforça de prendre un ton rébarbatif.
- Non !
- A cause de vos promenades dans la montagne interdite. Nous voulons savoir pourquoi vous y avez flâné. Avez-vous eu des rencontres avec les Russes ? Qu'avez-vous vu ce jour où nos soldats vous ont arrêtée ?
- Vous croyez que j'ai vu ce que je ne devais pas voir ? Mais non. Je n'ai jamais rencontré les Russes.
Donika saisit son sac et se leva. Alain s'interposa afin de ne pas la laisser sortir. Elle tremblait de consternation. Ses lèvres, ses yeux et son visage affichaient une sombre tristesse.
- Ne le prenez pas mal, s'il vous plaît ! lui dit Alain.
- Vous m'accusez d'espionnage ! Vous êtes comme les Russes, dit-elle, en repoussant Alain pour ouvrir la porte.
Celui-ci la saisit par la taille et la ramena sur la chaise.
- Si vous sortez, je ne garantis pas votre vie. Il vaut mieux rester ici pour qu'on s'explique. Avec quel pays avez-vous des contacts ? Si vous ne le dites pas, un malheur pourrait vous arriver avant même de franchir la route asphaltée.
Alain lui parlait doucement et essayait de la convaincre que ce serait seulement en disant la vérité qu'elle échapperait au tourbillon d'intrigues qui la menaçait. Lui, il n'avait pas les moyens de la sauver. Alain en était

désolé, et il était étonné lui-même qu'il ressentît de la pitié pour cette femme. Il n'avait jamais eu de pitié envers personne car, dès sa jeunesse, il avait été inspiré par la méfiance et la mort. Dès qu'il recevait un ordre, il tuait sans trembler, voire sans ciller. Il le ferait aujourd'hui encore. Finalement, il ne pouvait y avoir aucun mal de la part de cette femme au rayonnement aussi magique. Il était sûr déjà que Donika n'était pas une espionne des Russes.

Donika comprit le danger. Elle s'assit et demanda un autre café. Un peu plus tard, elle se mit à raconter à Alain l'histoire de sa vie, la disparition de son mari, sa tristesse et sa solitude. Elle lui confia qu'elle se rendait dans la montagne car elle souffrait des tourments. C'était là qu'elle avait fait l'amour avec son mari. Puis elle lui raconta, tout à la fin, l'histoire qui lui était arrivée la veille.

- Dites-moi, maintenant, demanda Donika presque en pleurant, à qui dois-je me fier ?

Alain, touché par la confession de cette femme, poussa des soupirs. Il tendit la main et lui caressa les cheveux. Donika, repliée sur elle-même, avait l'air plus pitoyable et plus triste que jamais. Alain la laissa pleurer afin qu'elle se soulageât. Il savait désormais qu'elle n'était en rapport avec aucun état et qu'elle se rendait à la montagne pour revivre ses souvenirs et pour cacher sa tristesse devant les autres. Comment pourrait-on tuer un être si vulnérable et si angélique ?

- Vous êtes innocente, lui dit finalement Alain. Vous serez sous la protection de mes hommes !

- Je n'ai rien fait de mal pour que quelqu'un me protège !

- Maintenant vous pouvez repartir. Et si vous voulez, vous pouvez être dès aujourd'hui mon interprète.

- Merci, mais je n'abandonnerai pas mes élèves !

- Promettez-moi, au moins, de nous revoir !

Donika fit un signe d'approbation de la tête. Alain l'accompagna jusqu'à la sortie de la base.
Donika ouvrit les portières de sa voiture pour la rafraîchir. Ensuite elle échangea des saluts avec Alain et lui dit qu'il pouvait venir, selon ses disponibilités, en ville pour qu'ils déjeunent ensemble. Alain lui donna son numéro de téléphone en lui conseillant de l'appeler immédiatement si elle se sentait en danger.
La voiture de Donika fut escortée par une jeep militaire jusqu'à l'entrée de la ville.
Elle fit quelques tours autour des immeubles avant de pouvoir garer sa voiture. Son corps était envahi par une mollesse et une fatigue, elle avait l'impression qu'elle n'avait jamais été aussi fatiguée et épuisée. Elle voulait se reposer à la terrasse d'un café, mais elle ne trouvait pas de place pour garer la voiture. Elle entra dans une ruelle, s'y gara enfin et se mit à marcher vers l'hôtel « Theranda ». Dans la rue de l'autre côté de la rivière elle aperçut Alban. La rivière gonflée par la pluie de la veille s'ébrouait toujours. Il marchait avec la même allure que Donika et s'apprêtait à traverser le Pont de Pierre.
Donika regardait secrètement ses mouvements pour éviter de le rencontrer, mais Alban la suivait sans qu'il se doute qu'elle était déjà au courant de ses intentions.
Elle ne voulait pas faire demi-tour, mais elle ne voulait pas non plus discuter avec lui. Elle comprit que la rencontre était inévitable. S'arrêter et revenir sur ses pas ? Alban ferait de même. Elle ralentit la marche pour ne pas arriver la première. S'il ne l'avait pas vue, il continuerait son chemin, si oui, il s'arrêterait au carrefour.
Donika regarda bien pour vérifier si Alban était au carrefour. Elle ne l'aperçut nulle part. Il ne m'a pas vue, se dit-elle, et continua à marcher dans la rue vers le café « Mouli ». Arrivée à la cour dallée du café, elle aperçut Alban qui lui faisait signe de la main de le rejoindre à sa

table. Elle ne pouvait pas refuser sa proposition, surtout après l'aide qu'il avait donnée.
- Ça fait longtemps qu'on ne s'est pas vu ! dit Alban.
- Pas trop !
- Tu as une cicatrice sur le visage ! Que s'est-il passé ?
Comment le lui dire ? Elle avait décidé de ne raconter à personne ce qui lui était arrivé, même pas à Alban pour que celui-ci n'en abusât pas plus tard. Les larmes jaillirent de ses yeux.
- Dis-moi ce qui s'est passé ?
- Moi-même je ne sais pas !
Donika ne pouvait expliquer d'où venaient toutes ces larmes. Elle avait pleuré toute la nuit, puis devant Alain et maintenant, elle pleurait encore.
- Tu as peur de me le dire !
- Non, mais je ne sais pas ce que je te dirais. Ma vie se dégrade jour après jour. Les problèmes s'accumulent sans que je le veuille.
- Dans ce monde rien ne se fait au hasard. Nous provoquons quelquefois inconsciemment les événements.
Donika regarda Alban avec stupéfaction. Elle ne se sentait pas coupable, mais accusait le temps et l'endroit où elle était née d'être maudits. C'est ce qu'elle voulut lui dire. Mais qui oserait qualifier le Kosovo de pays maudit ? C'était les racontars des transgresseurs et les crédules y croyaient. Elle se rappela les envahisseurs, les insurgés, les guerres, les vengeances, et leurs malédictions. Tout ceci lui parut sans aucun sens.
- Tu ne m'as pas répondu ? Insista Alban.
- C'est pas comme tu le dis, rétorqua Donika.
- Je m'excuse de ce que je viens de dire. Tu as vraiment un problème et moi j'ai commencé à philosopher !
- Et je n'en ai pas qu'un seul, j'ai beaucoup de problèmes.
Donika se demandait par où commencer : d'où venait la cicatrice sur son visage ? Des problèmes avec les

Français ? Grâce à Alain, tout semblait réglé, mais, pouvait-on avoir confiance en des étrangers ? Maintenant que sa vie était en danger, elle risquait d'oublier son mari disparu. Quoiqu'il en soit, elle n'accepterait pas le mode de vie qu'on lui imposait.
- Hier soir, deux jeunes ont fait irruption chez moi et ils m'ont rouée de coups !
Elle dit cela d'une voix calme et lui parla ensuite du rendez-vous avec les Français en ajoutant qu'ils lui avaient promis de retrouver son mari disparu.
- Et tu crois les Français ?
Alban ne désirait pas que le mari de Donika soit retrouvé, du moins pas vivant.
- Vous prétendez tous que les Français sont les amis de nos ennemis. Si c'est vrai, ils ont alors toutes les chances d'être informés sur le destin des disparus.
Alban approuva avec des hochements de tête. Ensuite il se mit à lui poser des questions sur les agresseurs d'hier soir : quel âge avaient-ils ? As-tu reconnu la voix de l'un d'entre eux ? Lequel était le plus cruel ? A la fin, il lui promit qu'il ferait tout son possible pour les identifier. Donika lui demanda de ne parler de cet événement à personne, même pas à son frère.
Pendant sept semaines et deux jours, Donika mena une vie tranquille. Elle n'avait plus reçu aucune menace. Lorsqu'elle rencontrait Alban, celui-ci répétait qu'il faisait tout pour dépister les agresseurs. Il disait qu'il avait donné beaucoup d'argent et qu'il en donnerait encore plus pour mettre au clair cette affaire. Il avait contacté quelqu'un dont certaines rumeurs disaient qu'il était le chef des agresseurs et il lui avait expliqué la raison pour laquelle Donika avait contacté les Français.
Donika connaissait les intentions d'Alban et ce qu'il éprouvait pour elle. Elle savait qu'il avait payé pour lui sauver la vie afin que celle-ci le remercie en devenant

complètement sienne. Il avait contacté le présumé chef des ravisseurs, l'avait payé et convaincu de la laisser vivre.
Elle avait revu Alain une seule fois après son interrogatoire. Puis il lui avait téléphoné trois fois, avait fixé des rendez-vous pour les annuler chaque fois, sous prétexte qu'il n'avait pas la permission de sortir de la base. Il l'assurait que son dossier était clos.
Ses conversations avec lui réveillaient à chaque fois sa passion amoureuse, telle une adolescente. Elle voulait l'avoir à ses côtés, sentir son parfum, écouter sa voix, admirer chacun de ses gestes, comme cette façon de tenir un verre à vin par la tige. Elle avait pris un verre avec Alain dans un restaurant à la frontière albanaise. Donika avait acheté, pour cette soirée, une belle robe avec l'argent qu'Alban lui avait donné. La robe était légèrement translucide, elle laissait deviner chaque ligne de son corps. Lorsqu'elle la portait, elle passait un bon moment à défiler et à s'admirer devant la glace, tout en rêvant à Alain. Ce jour-là, elle mettrait la robe rouge qui allait jusqu'au-dessous des genoux, irait chez la coiffeuse et ils choisiraient un endroit où personne ne les reconnaîtrait.
Avant de le rejoindre, elle se posa plusieurs questions. Cet Alain, que veut-il vraiment ? Et si les agresseurs l'épiaient toujours ? …
Ils la tueraient, certainement. Cependant, rien ne pouvait l'empêcher de se rendre à son rendez-vous.
Elle n'eut plus de visions et n'arrivait toujours pas à mettre un visage à l'homme apparu dans ces étranges révélations. C'était comme une évidence. Pour elle, il ne pouvait s'agir que d'Alain.
Elle songeait de moins en moins à son mari, désormais elle ne ressentait plus que de la tendresse et de la pitié à son égard.
C'était presque la fin de septembre et il n'était pas tombé une goutte de pluie. La canicule était suffocante sous le

soleil brûlant. On disait que les bombardements de l'OTAN avaient changé le climat dans les Balkans. Les plus naïfs transformaient les ouï-dire en histoires tout à fait abracadabrantes. Ils rapportaient que le Président du Kosovo entretenait des relations amicales avec les Américains et qu'il avait demandé, dans les pourparlers avec eux, le changement total du climat pour qu'il n'y ait ni été, ni hiver et que le Kosovo devienne un pays avec la température constante d'un mois d'avril ou de mai. Le nombre de croyants augmentait énormément, surtout après les déclarations du président dans le quotidien « Zëri » selon lequel il serait, soi-disant, un messager envoyé au Kosovo par Dieu lui-même, avec une mission précise. Or, pour que le mystère soit plus vaste, il n'avait pas divulgué quelle était sa mission concrète. Prophète ou pas, Donika s'en moquait complètement. Elle ne voulait rien d'autre que vivre sa petite vie tranquille et sans être menacée.

Elle se mit à lire un livre quand soudain on sonna à la porte. Une peur pétrifia son corps tout entier. Elle n'attendait personne. Elle prit son téléphone portable, ferma la porte à double tour et elle demanda qui c'était.

- C'est moi ! Ouvre la porte sinon je la casse ! disait une voix de femme en colère.

Donika reconnut la voix de sa belle-mère et elle lui ouvrit la porte. Elle crut que les parents de son mari devaient avoir une raison valable pour venir si tard la nuit. Elle était persuadée qu'ils avaient reçu des nouvelles, que leur fils était vivant.

- Vous avez des nouvelles d'Astrid ? demanda Donika à ses beaux-parents qui venaient de franchir la porte.

- Pas de nouvelles sur notre fils, mais pour toi OUI ! répondit sa belle-mère d'une voix agressive.

- Sur moi ? demanda Donika d'un air étonné.

- Oui, oui sur toi, toute la ville parle. Tu es devenue une pute des soldats français. Tu fais l'amour dans

l'appartement de notre fils. Tu n'as pas honte ? Mais c'est fini tout ça, je viens de vendre l'appartement et tu dois le quitter au plus vite.
- Vous ne pouvez pas le vendre puisqu' il est aussi à mon nom !
- Rien à foutre ! Plie tes bagages et va chez tes Français !
- Vous n'avez aucun droit de me mettre à la porte de mon appartement.
- C'est ce qu'on verra, répondit sa belle-mère en prenant le bras de son mari qui ne dit aucun mot, et ils partirent.
Donika ferma la porte à double tour et elle se mit à pleurer.

CHAPITRE X

Un matin, deux semaines après la dispute entre Donika et sa belle-mère, le brouillard enveloppait Prizren. Donika ouvrit la fenêtre. L'air frais et humide pénétra dans la chambre. Elle sentit le froid l'envahir jusqu'à la moelle des os. Elle referma aussitôt la fenêtre et trottina jusqu'à la cuisine pour préparer du café.

En buvant son café, elle envisagea de téléphoner à Alain. Elle se dit d'abord qu'il dormait peut-être encore à cette heure matinale. Puis, elle se ravisa en pensant qu'après tout c'était un militaire et qu'il avait l'habitude de se lever tôt. Mais finalement, elle eut peur de faire mauvaise impression, car les hommes ont tendance à négliger les femmes qui s'accrochent.

La solitude la rongeait et son impatience grandissait. Cela faisait aussi longtemps qu'elle n'avait plus vu Alma. Depuis la rentrée, son amie passait le plus clair de son temps avec son amant et elle n'avait plus une minute à lui consacrer. Elle ne savait donc rien de ce qui était arrivé à Donika. Si Donika l'avait informée de sa mésaventure, Alma se serait certainement libérée pour lui tenir compagnie. Mais Donika avait voulu tout garder secret. Plus il y aurait de personnes au courant, pire ce serait pour elle. Chacun voudrait l'aider et, pour y arriver, chacun en parlerait à quelqu'un d'autre et bientôt toute la ville serait au courant. Et cela, Donika l'appréhendait plus que tout au monde.

Dans cette petite ville, il est de coutume que tout le monde s'occupe des affaires des autres. Cette habitude qu'ont les gens de s'ingérer dans la vie d'autrui s'est installée de façon immuable depuis des siècles. Elle remonte au Moyen-Age, ou peut-être plus loin encore. On peut vivre ainsi lorsque les rumeurs sont minimes, mais peut-on mener une existence normale quand vos voisins ou toute votre communauté vous regardent en ennemi et évitent de vous rencontrer ? Donika en était consciente et elle ne voulait en aucun cas vivre en paria, surtout au regard de ses élèves.

Elle avait toujours détesté l'ingérence des uns et des autres dans la vie privée des gens, mais elle n'avait réussi à rien changer. C'est ce à quoi elle pensait en composant instinctivement le numéro d'Alain.

- Allo, bonjour, c'est moi, Donika.

- Tiens, bonjour Donika, lui répondit la voix d'Alain. Je n'arrête pas de faire ton numéro, mais ça sonne toujours occupé.

- Je t'appelle, mais je ne sais pas trop pourquoi, poursuivit Donika, en s'efforçant de rester impassible et de feindre l'indifférence.

Alain ne mentait pas en lui disant qu'il avait essayé de l'appeler à plusieurs reprises. Elle essayait de dissimuler la passion qui l'animait. Ils avaient pensé l'un à l'autre au même moment. Etait-ce une coïncidence ? Elle se rappela avoir lu que la coïncidence et la télépathie n'étaient pas des phénomènes dus au hasard, mais provenaient des profondeurs de l'inconscient.

- Tu as bien fait de me téléphoner. Je dois me rendre à Prizren aujourd'hui et j'avais envie de t'inviter à dîner une fois mon travail terminé.

Donika ne savait pas si elle devait accepter l'invitation sur-le-champ ou bien marquer une hésitation pour qu'Alain ne devine pas qu'elle avait hâte de le revoir.

- Je suis libre aujourd'hui, lui dit-elle finalement. On peut se retrouver quand tu auras terminé tes affaires.
Ils se donnèrent rendez-vous au restaurant Iliria, à quelques kilomètres de Prizren, près de la frontière avec l'Albanie. Cela faisait longtemps que Donika n'était plus allée dans cet établissement, renommé pour ses succulents plats de poisson, au bord de la Drina.
Après avoir raccroché, Donika resta les yeux fixés sur le téléphone. Puis, toute joyeuse, elle alla se planter devant le miroir pour contempler son visage et son corps. Elle passa les doigts dans ses cheveux défaits en essayant de les arranger. Elle aurait bien voulu passer chez le coiffeur avant d'aller au rendez-vous. Alma lui avait dit que les coiffeurs de Prizren pratiquaient les mêmes prix qu'à Paris, ce qui, pour elle, n'était pas un problème puisqu'il lui restait de l'argent laissé par Alban.
Alma lui avait souvent raconté que beaucoup de femmes parmi ses connaissances faisaient comme elle ; pour échapper à une existence monotone, rythmée par les mêmes baisers frileux et par les mêmes histoires sans intérêt de leur mari, elles se plongeaient dans un univers hasardeux de plaisirs et d'amours interdits.
Donika s'était juré de ne jamais se mettre dans une telle situation. Pourtant, elle avait l'impression qu'en acceptant les avances d'Alban, elle avait malgré tout fini par y sombrer. Elle avait l'impression de lui avoir elle-même donné le signal l'incitant à croire qu'il pourrait un jour prendre possession de son corps. Il fallait qu'elle arrête de le rencontrer. Mais comment s'y prendre ? C'est clair qu'il licencierait immédiatement son frère. Elle entretenait avec Alban des relations purement amicales, c'était quelqu'un avec qui elle pouvait discuter des problèmes de la vie, comme elle le faisait avec Alma, un bon interlocuteur pour discuter philosophie et littérature, mais pas question de coucher avec lui.

Donika s'éloigna du miroir. Elle fit le lit, mit le linge sale dans la machine à laver et rangea dans l'armoire les vêtements repassés de la veille. Ensuite, elle fit la vaisselle, secoua les couvertures et finalement s'assit dans le fauteuil et alluma une cigarette. Un peu plus tard, elle prépara un bain bien chaud et resta longtemps allongée dans l'eau mousseuse, aromatisée d'un shampoing spécial.
Au moment où Donika sortait de la salle de bains, vêtue d'un peignoir blanc, le téléphone sonna. La première sonnerie la surprit et elle sursauta. A la deuxième sonnerie, elle eut une respiration de soulagement. A la troisième sonnerie, elle se demanda qui cela pouvait bien être. A la quatrième sonnerie, elle pensa que c'était Alain : il voulait sans doute annuler le rendez-vous. A la cinquième sonnerie, elle se dit qu'elle n'allait pas décrocher, comme ça, si c'était Alain, il ne pourrait pas la contacter et serait obligé d'aller au rendez-vous. A la sixième sonnerie, elle pensa à son frère, à qui il était peut-être arrivé quelque chose et qui avait besoin d'elle.
- Allo.
- Qu'est-ce qui se passe que tu ne décroches pas ?
- Ah, Alma. J'étais dans la salle de bains. Je croyais que tu m'avais oubliée.
- Tu sais pourquoi je t'appelle ?
- Comment veux-tu que je le sache ?
- Mon mari et moi, on sort ce soir. On a pensé que cela te ferait peut-être plaisir de nous accompagner.
- Je ne peux vraiment pas, ce soir. J'ai des tas de copies à corriger. Merci pour ton invitation.
Après avoir raccroché, Donika se rendit compte qu'elle aurait dû demander à Alma dans quel restaurant ils allaient manger et à quelle heure. Elle fut épouvantée à l'idée de se retrouver, elle et Alain, nez à nez avec Alma et son mari.
Par la fenêtre de son appartement, elle regarda un instant les petites volutes de brouillard qui flottaient aux flancs

des montagnes et dont les derniers lambeaux s'échappaient des murs du château pour rejoindre les hauteurs du ciel. Les vieilles murailles du château, réduites ça et là à l'état de ruines, ne lui avaient jamais semblé aussi majestueuses. Du haut de son piton rocheux, le château donnait l'impression de sourire.

Il y avait déjà onze heures, huit minutes et deux secondes qu'elle avait parlé pour la dernière fois avec Alain. Elle regarda sa montre avant de faire démarrer sa voiture pour aller au rendez-vous. Dans un peu moins d'une demi-heure, elle serait en face d'Alain. Les dernières minutes lui semblèrent plus longues que toute sa journée d'attente. A vive allure, elle s'engagea sur la route principale ; elle passa devant l'ancienne garnison, roula jusqu'au bout de la ville et prit la route menant à la frontière albanaise.

Elle avait longé le marché et doublé les installations de lavage de voitures lorsqu'elle sentit sa poitrine se contracter et sa vue se troubler. Elle arrêta la voiture au bord du chemin et, tout à coup, vit apparaître le visage souriant d'un militaire vêtu d'un uniforme français. Elle se vit marcher dans la direction de l'homme. Le militaire l'embrassa et elle le se serra vigoureusement contre lui. A sa grande surprise, le militaire n'était pas Alain, mais quelqu'un qu'elle n'avait jamais vu. Subitement, elle envisagea de ne plus aller au rendez-vous. Mais elle se ravisa en se disant que la vision qu'elle venait d'apercevoir n'avait peut-être aucun sens. Elle avait éprouvé de la sympathie pour Alain dès leur première rencontre.

Heureusement, il n'y avait pas beaucoup de circulation. Donika déboucha à six heures pile à Vermica, sur le parking du restaurant Iliria.

Elle jeta un regard sur l'immeuble construit au pied de la montagne, tout en vitres vivement illuminées par le soleil de fin d'après-midi. On avait aménagé, en travers de la

terrasse, un large déversoir destiné à canaliser les eaux du torrent qui coulaient du sommet de la montagne et qui se jetaient, à quelques mètres en contrebas, dans les eaux calmes de la Drina. Donika avait entendu parler d'un projet immobilier prévoyant la construction de plusieurs restaurants, l'un à côté de l'autre, sur les berges de la Drina. Elle se demandait encore d'où pouvait bien provenir l'argent destiné à une telle débauche de luxe.
Après avoir traversé le pont qui enjambait le canal et reliait les deux parties de la terrasse, elle aperçut Alain. Elle s'arrêta, ébahie, les yeux fixés sur le militaire qui accompagnait Alain. C'était le soldat dont elle avait eu la vision, quelques instants plus tôt, celui-là même qu'elle avait embrassé. Elle dut s'appuyer un moment au parapet du pont.
Jamais elle ne saurait si c'était la beauté et le charme du militaire qui l'avaient irrésistiblement attirée au point qu'elle s'était jetée dans ses bras sous les regards de tous les clients du restaurant ou si c'était une force intérieure invisible qui l'avait poussée à vouloir goûter à ses baisers, ardents comme ceux d'un premier amour.
Jamais elle ne saurait si quelque client l'avait injuriée, car embrasser un soldat français en public était considéré comme tabou.
Jamais elle ne pourrait savoir si la rencontre au restaurant Iliria avait été une illusion, un rêve ou un événement réel. Jamais elle ne saurait la moindre chose de cette rencontre qui ferait l'objet de tant de calomnies. Jamais non plus elle ne saurait quelle avait été la réaction d'Alain en voyant Donika se jeter dans les bras de Jean-Marie, l'homme qu'il détestait le plus au monde.
Jamais elle ne saurait si cette rencontre avait été voulue par Dieu ou par le diable.

A aucun moment de sa vie, jusqu'à sa mort, elle ne saura si l'étreinte avec Jean-Marie était une trahison ou bien le début d'un nouvel amour.
Elle apprendra, longtemps après, que l'un des clients qui étaient sortis, choqués et près de la crise de nerfs, en voyant Donika dans les bras du militaire, n'était autre qu'Alban.
Toutes ces questions, elle allait se les poser plus tard lorsqu'elle se retrouverait emprisonnée entre quatre murs, sous la surveillance de gardes masqués.

CHAPITRE XI

Donika était montée au sommet de la montagne interdite et elle promenait ses regards sur les champs qui s'étendaient à ses pieds. Elle arrêta ses yeux sur la base française en s'appliquant à y déceler quel pouvait bien être ce secret tellement important qui mettait sa vie en danger. Elle distinguait tout et ne voyait rien de plus que ce qu'elle avait vu ce fameux jour : des hommes, des jeeps, des hélicoptères et des chars. Cela ne peut pas être un secret militaire, pensa-t-elle. Elle fit un grand effort de mémoire pour essayer de se rappeler ce qu'elle avait bien pu voir ce jour-là et qu'elle ne pouvait plus voir aujourd'hui. Rien, conclut-elle, en mettant ses lunettes de soleil. Elle savait que même si elle avait été témoin d'un quelconque secret, cela ne l'intéresserait pas de le publier ou de le divulguer aux services secrets d'un autre Etat, contrairement à ce que pensait Alain. Elle était intimement convaincue que tout ce que les militaires français débarquaient dans l'enceinte de leur base était dans l'intérêt de ses congénères et elle ne comprenait pas pourquoi ils l'accusaient et lui attribuaient tant de mauvaises intentions.

Elle fit quelques pas et regarda sa montre. Il restait encore quelques minutes à Jean-Marie pour arriver à l'heure du rendez-vous. Donika, elle, était arrivée avec une heure

d'avance pour pouvoir se délecter de la beauté et de la magnificence de la montagne.
Elle se sentait légère et heureuse. La nuit qu'elle avait passée avec Jean-Marie avait ravivé en elle les sentiments amoureux. Elle avait l'impression de commencer une nouvelle vie, quelque chose qu'elle n'avait jamais vécu auparavant.
Avec Jean-Marie, elle avait le sentiment d'être en sécurité. Elle était persuadée qu'ils étaient faits l'un pour l'autre, que ce n'était pas un amour ordinaire, mais une union qui devait être arrangée par des forces magiques ou surnaturelles. Il n'y avait pas d'autre explication, puisqu'elle avait déjà vu tout ce qui lui arrivait dans sa vision. Jean-Marie lui avait raconté qu'il avait eu, lui aussi, une vision identique la nuit où il était resté chez Donika bien qu'il n'était pas certain que la femme soit kosovare.
Tous deux connaissaient les habitudes l'un de l'autre, comme s'ils avaient vécu toute leur vie ensemble. Elle s'étonnait encore de la facilité avec laquelle elle s'était donnée à Jean-Marie, oubliant l'homme avec qui elle avait été si longtemps mariée. S'il était vivant, s'interrogea-t-elle en écrasant quelques brindilles séchées, serait-elle tombée amoureuse du militaire français ? Tout serait différent si Astrid ne figurait pas sur la liste des personnes disparues. Peut-être alors n'aurait-elle pas eu cette vision et aurait-elle continué à vivre en chérissant son mari jusqu'à la mort. Et si Astrid avait pu réchapper de la guerre dont Donika avait aperçu les visions, aurait-elle trahi son mari pour fréquenter quelqu'un d'autre ?
Pour Donika, tomber amoureuse d'un autre homme et vouloir divorcer pour le rejoindre n'était pas une trahison. Ce qu'elle qualifiait de trahison, c'était l'attitude d'Alma, qui trompait à la fois son mari et son amant. Pourtant, même si elle considérait que sa relation avec Jean-Marie

n'était pas une trahison, elle réalisait qu'elle s'était embarquée dans une affaire compliquée et dangereuse. Elle avait peur des types cagoulés, peur du qu'en dira-t-on, peur des mauvaises langues qui la persécuteraient et la traiteraient de putain, de mauvaise épouse. Elle se posait des questions sur tout, mais son amour pour Jean-Marie dépassait l'imagination et ignorait les contraintes sociales des petites villes de province. Ce qu'il lui arrivait, elle le voyait comme un miracle que le bon Dieu, dans sa bienveillance, lui accordait peut-être comme récompense aux souffrances qu'elle avait endurées jusqu'alors. Vraiment, ce n'était pas un amour ordinaire et il ne ressemblait pas aux histoires qu'elle avait lues dans les livres ou qu'elle avait vues dans les films d'Hollywood. Elle avait l'impression de vivre une aventure divine et elle avait décidé d'aller jusqu'au bout, de braver les dangers et la mort pour le plaisir et le bonheur.

- Tu es là depuis longtemps, dit Jean-Marie, lui aussi un peu en avance.

- Cela fait tellement longtemps que ton armée nous interdit de venir ici ! Je suis venue plus tôt pour admirer la beauté du paysage, répondit Donika en s'avançant vers lui.

Ils se jetèrent dans les bras l'un de l'autre, emportés par une étreinte passionnée. Ils tombèrent dans l'herbe et leurs corps firent craquer les brindilles séchées.

- Pourquoi as-tu choisi cet endroit pour me donner rendez-vous ?

- J'ai toujours eu un faible pour la cime de cette montagne. C'est ici que commencent mes histoires sentimentales. C'est d'ailleurs ici qu'est née la légende de l'amour d'Achille, autour de cette montagne, qui est à l'origine du mythe de la fidélité et de l'amour de la femme kosovare.

En prononçant le mot *fidélité*, Donika se mordit les lèvres en faisant la moue. Elle avait bien envie de raconter à Jean-Marie la légende de l'amour entre deux jeunes gens

d'ici, que les habitants se transmettaient de génération en génération, mais brusquement elle se souvint qu'elle n'était pas fidèle à son mari Astrid. Elle se sentit embarrassée et honteuse.
Alors que Jean-Marie continuait à la caresser, Donika se leva tout à coup et fit quelques pas, le regard fixé sur le sol. Il lui demanda de continuer à raconter l'histoire des jeunes amants, qui lui faisait penser à la thématique des tragédies antiques.
- C'est une histoire qui n'intéresse pas les Français d'aujourd'hui.
- Notre culture a elle aussi ses mythes anciens. On en a fait des livres et des films. Tous les peuples ont leurs légendes.
- La légende d'ici est basée sur la fidélité d'une femme, mais je ne peux pas en parler aujourd'hui. Peut-être une autre fois …
Jean-Marie comprit qu'il ne fallait pas insister, car cette histoire rappelait trop à Donika son mari et l'amour qu'elle avait pour lui. Il se rendait compte qu'il fallait lui laisser le temps de retrouver l'apaisement.
Donika avait choisi à dessein l'endroit du rendez-vous. Jean-Marie n'était aucunement responsable du réveil des sentiments de la jeune femme. Il ignorait tout de la légende de la montagne ; la seule chose qu'il savait, c'est que l'endroit était interdit aux civils. Donika, elle, avait choisi cet endroit pour affronter la réalité et tous les souvenirs qui l'attachaient à ce coin de nature. C'est ici qu'un jour elle avait juré à Astrid de ne jamais le tromper jusqu'à ce que la mort les sépare et voilà qu'elle revenait en ces lieux pour reprendre son engagement. Elle savait qu'elle avait renié sa parole au moment où elle s'était jetée dans les bras de Jean-Marie, la nuit où elle avait dormi avec lui dans le même appartement et dans le même lit. Elle se serait vainement battue contre elle-même, car l'amour qu'elle éprouvait pour Jean-Marie était plus fort

qu'un amour fait de rêves et de souvenirs. Elle était convaincue que cet amour grandirait, car il était venu du ciel par l'effet d'une force surnaturelle. De temps en temps, elle se demandait, pour justifier son aventure, si son imagination ne lui jouait pas des tours. Même si elle avait l'impression qu'une main céleste mystérieuse guidait sa vie, elle était tourmentée par sa conscience qui lui rappelait tout le temps passé avec son mari disparu. Elle était profondément affligée, mais son amour pour Jean-Marie avait quelque chose d'énigmatique et d'attachant. Son penchant à croire à une intervention divine ou magique l'encourageait à tenir tête aux souvenirs et à faire fi des médisants qui l'accuseraient de trahir l'amour de son mari pour une aventure avec un soldat étranger. Si Jean-Marie avait été américain, on n'en aurait peut-être pas fait grand bruit ; mais il était militaire dans l'armée française et le peuple considérait les Français comme les ennemis des Albanais. Si elle épousait Jean-Marie, elle serait la première femme kosovare mariée à un soldat français. Peut-être les Français ne sont-ils pas tous des ennemis. Ils n'ont jamais eu l'occasion, jusqu'à présent, de se déplacer en toute liberté sur le territoire du Kosovo, de visiter le pays et de participer à la vie quotidienne des habitants. Tout ce qu'ils savent, ils l'ont appris dans des livres, dans des journaux, dans les médias qui ne présentent jamais la réalité.

Jean-Marie s'approcha de Donika et glissa sa main dans les cheveux emmêlés de la jeune femme, qui lui tombaient sur le dos. Il la caressa délicatement en la couvrant de baisers passionnés.

Donika finit par se détacher de ses pensées pour se concentrer sur les baisers du bel officier qui lui semblait un ange descendu du ciel. Une brise fraîche agitait les branches des arbres. Les nuages épais empêchaient de voir si le soleil était déjà couché ou s'il n'était pas encore prêt à céder la place à l'obscurité. Jean-Marie et Donika ne s'inquiétaient ni du petit froid qui s'installait, ni des nuages qui hâtaient la tombée de la nuit. Nus et tout en sueur, leurs corps tournoyaient dans l'herbe sans que les amants se préoccupent de rien autour d'eux.

- Quand j'aurai terminé ma mission par ici, tu m'accompagneras en France ? lui demanda Jean-Marie.

Ils n'avaient jamais parlé de l'avenir. Chacun s'en était forgé une idée, mais ils n'en avaient jamais discuté ensemble.

Toute la semaine qui avait suivi leur première rencontre, Jean-Marie avait réfléchi à la fin de sa mission au Kosovo et à son retour à Paris en se disant qu'il demanderait à être affecté dans un service administratif pour ne plus devoir s'en aller dans tous les pays du monde. Grâce à ses nombreuses relations, il trouverait un emploi à Donika, qu'il avait l'intention d'épouser.

Donika, elle, avait d'autres projets. Elle comptait épouser Jean-Marie et continuer à exercer son emploi ici au Kosovo et ils iraient passer leurs vacances à Paris. Si elle pouvait s'imaginer vivre à Paris, jamais elle ne pourrait se séparer de ses élèves.

- J'aimerais bien visiter Paris, lui dit-elle.

- Visiter Paris ? Mais tu vas y habiter tout le temps ! lui répondit-il.

- Ah non, je ne pourrai jamais.

- Pourquoi donc ?

- Je ne pourrai jamais quitter mon pays. Je ne pourrai pas vivre sans ces splendides paysages.

- Mais les paysages de la France te plairont aussi !

- C'est possible, mais ils ne seront jamais pareils à ceux de la terre des Albanais.

- L'être humain a besoin de découverte ; il n'est pas fait pour vivre toujours dans le même endroit.

- C'est autre chose de visiter le monde, et autre chose de tourner à jamais le dos à sa patrie !
- Ce sera plus difficile pour nous de vivre ici, dans ton pays, où les gens me regardent comme un ennemi de ton peuple.
- Si tu étais vraiment un ennemi des miens, je ne serais pas tombée amoureuse de toi, quand bien même ce serait Dieu qui t'aurait envoyé sur la terre.
- Oui, mais eux, ils ne le savent pas !
- Il n'y a pas d'amour sans risques. Il faut affronter les dangers de la vie, lui répondit Donika.
Quelques rares gouttes de pluie se mirent à tomber.
Jean-Marie ne savait que répondre à Donika. Il n'avait jamais imaginé passer sa vie au Kosovo. Pas un instant, il n'avait supposé que Donika refuserait de devenir une Parisienne. Aucune femme d'un pays en développement, comme le Kosovo, n'aurait dit non à pareille proposition. Jean-Marie pensait à tous ces gens qui allaient jusqu'à falsifier des documents pour échapper à la misère et voilà que Donika refusait son offre et perturbait ses projets de mariage ? Il avait parlé à ses parents et leur avait annoncé qu'il avait trouvé la femme de sa vie et qu'il comptait l'épouser. Son père et sa mère étaient désespérés de voir que Jean-Marie, à son âge, n'était toujours pas marié. Chaque fois qu'il allait les voir à Paris, ils le lui reprochaient. Ses parents voulaient qu'il se marie pour fonder un foyer et non pas qu'il s'obstine à chercher l'amour idéal, qui n'existe que dans les romans.
Quand Jean-Marie leur annonça que sa future femme était kosovare, ils crurent d'abord que leur fils leur faisait une blague, comme il en avait l'habitude. Il leur avait déjà fait le coup quand il était stationné en Bosnie, à Djibouti et ailleurs, mais jamais il ne leur avait téléphoné pour le leur dire et réserver la salle de mariage. Ils comprirent, au ton de leur fils au téléphone, que cette fois, c'était sérieux.

Mais ils se dirent que ce n'était sans doute qu'un épisode passager et ils ne se hâtèrent pas de réserver un endroit pour célébrer le mariage.
Jean-Marie avait convenu avec ses parents de la date du mariage, qui devait avoir lieu un mois exactement après la fin de sa mission au Kosovo.
Toute la semaine, il avait préparé la liste des noms des personnes à inviter, en s'efforçant de n'oublier personne. Le prénom d'Alain figurait aussi sur la liste. Après deux ou trois jours d'hésitation, il avait finalement décider de le convier à la cérémonie. Il était convaincu qu'Alain ne viendrait pas, mais il voulait lui envoyer une invitation, pour se venger. Il était incapable de déterminer qui, d'Alain ou de lui, éprouvait de la haine et de la jalousie pour l'autre. Il n'avait pas raconté à Donika les problèmes qu'il avait eus avec Alain. Il ne lui avait pas dit qu'Alain lui avait parlé des soupçons qui pesaient sur Donika, qui devait être considérée comme quelqu'un de dangereux jusqu'à la clôture de l'instruction. Il n'avait rien dit de tout cela à la jeune femme, car il craignait de ruiner leur relation.
- Prenons la voiture, dit Donika en s'appuyant sur le bras de Jean-Marie, nous risquons d'être pris par la pluie.
Les gouttes de pluie étaient clairsemées, comme si l'averse ne voulait pas se déverser tout d'un coup pour leur laisser le temps de s'en aller.
Il commençait à pleuvoir plus fort lorsque Donika arriva à l'entrée de la ville. Les gens se précipitaient chez eux. Une moitié de la ville était dans l'obscurité et l'autre moitié était faiblement éclairée.
Donika accéléra pour arriver chez elle avant l'heure du couvre-feu. Elle gara sa voiture dans la cour de l'immeuble, la ferma à clé et courut vers l'entrée principale, qui était toujours ouverte. Bien qu'elle n'ait vu personne derrière elle et qu'aucune voiture ne l'ait suivie,

elle sentit tout à coup deux mains puissantes l'empoigner et lui fourrer un chiffon dans la bouche. Elle perdit tout de suite connaissance. Deux hommes cagoulés postés derrière la porte d'entrée principale saisirent le corps de Donika et le jetèrent dans une jeep aux vitres fumées, dans laquelle attendaient deux autres individus, eux aussi munis de cagoules. La jeep démarra sans précipitation.
A une fenêtre du troisième étage, une fillette avait assisté à toute la scène. Elle racontera plus tard à la police internationale tout ce qu'elle avait vu, sous le couvert de l'anonymat pour ne pas risquer sa vie. La fillette fut toute étonnée de voir la jeep démarrer lentement, presque solennellement, et pas en trombe, comme elle l'avait vu dans les films policiers. La mère de la fillette avait téléphoné à la police et, une heure après, plusieurs jeeps de la police se pointèrent, illuminant de leurs girophares la cour du complexe immobilier. Les policiers internationaux étaient accompagnés de policiers locaux et ils entamèrent l'enquête. La fillette, qui était âgée de douze ans, parlait en allemand avec le policier allemand. Le hall d'escalier de l'immeuble était encombré de policiers qui allaient d'un appartement à l'autre interroger les habitants pour savoir si quelqu'un avait vu l'enlèvement. A part la fillette, personne ne parla. Certains peut-être avaient assisté à la scène, mais tout le monde déclara n'avoir rien vu.
Le lendemain, la fillette se présenta au poste de police, où le même policier la reçut dans son bureau. Silencieuse, elle arrêta son regard sur une grande carte du Kosovo, accrochée à un des murs et hérissée d'épingles en trois couleurs.
- Pourrais-tu décrire ce que tu as vu hier soir, exactement ? interrogea le policier, en esquissant un sourire.
- Oui ! répondit l'enfant.
- Ne va pas trop vite. Réfléchis bien et puis commence.

- Je regardais la pluie tomber. Une jeep s'est arrêtée dans la cour de l'immeuble. Puis, une autre voiture est arrivée, mais personne n'en est descendu ; j'ai vu qu'il y avait quelqu'un à côté du conducteur qui a fait signe à la jeep de partir.
- C'était quoi comme voiture ?
- Une grande voiture avec des vitres fumées.
- De quelle couleur était-elle, cette voiture ?
- Grise.
- As-tu reconnu la personne qui a fait signe à la jeep de partir ?
- Non.
- Pourrais-tu décrire le visage d'un des individus ?
- Non. Ils étaient loin et je ne les ai pas bien vus.
- Continue.
- Quelques minutes plus tard, la jeep est venue s'arrêter au même endroit. Deux hommes sont descendus. Ils se sont dirigés vers l'entrée de l'immeuble ; le conducteur et un autre passager sont restés dans la voiture, phares éteints. Quelques minutes plus tard, Donika est arrivée …
- Tu as reconnu Donika ?
- D'abord, je n'ai distingué que la silhouette d'une femme.
- Et sa voiture ?
- Donika range toujours sa voiture dans le garage et cette fois, comme elle s'était arrêtée à quelques pas de l'entrée, j'ai cru que c'était quelqu'un d'autre.
- Quand elle est sortie de sa voiture, a-t-elle parlé avec quelqu'un ?
- Je ne peux pas l'affirmer. Je me souviens qu'elle avait à peine disparu de ma vue que j'ai aperçu deux hommes la tenir, l'un par la tête, l'autre par les jambes, et la pousser dans la jeep.
- Les occupants de la jeep sont-ils sortis pour les aider ?
- Non. Le passager assis sur le siège avant n'a jamais lâché le pistolet qu'il tenait dans la main.

- Les vitres de la jeep étaient fumées. Comment as-tu pu voir qu'il tenait une arme ?
- A travers le pare-brise.
- Est-ce que tu te souviens du numéro d'immatriculation de la jeep ?
- Il n'y avait pas de plaque !
Le chef de la police internationale avait ordonné d'attendre un jour avant de publier un communiqué de presse, mais les journalistes s'étaient immédiatement emparés de la nouvelle et, le lendemain, elle faisait la une des six quotidiens du pays.
Une nouvelle frayeur envahit la ville. Jusque-là, les kidnappeurs s'en étaient pris à des gens fortunés. L'enlèvement de Donika était d'une autre nature et l'affaire avait de quoi inquiéter tout le monde.
Toutes sortes d'histoires se mirent alors à courir. On raconta que Donika avait été enlevée parce qu'un industriel italien avait acheté ses yeux pour sa fille aveugle. Une rumeur voulait en effet que des riches italiens impliqués dans le trafic d'organes humains commanditent les enlèvements pour se fournir en matière première. Mais pas un seul cas concret ne s'était encore produit. Selon d'autres bruits, les enlèvements étaient organisés par d'anciens combattants qui avaient lutté contre les envahisseurs et qui se vengeaient maintenant de ceux qui avaient autrefois collaboré avec l'ennemi. Il y en avait aussi qui affirmaient que les rapts étaient arrangés par les services secrets serbes.
Jean-Marie apprit la disparition de Donika neuf heures et demie après l'événement. Ce fut la nouvelle la plus horrible et la plus douloureuse qu'il ait jamais entendue. Il se sentit dans le même état que le jour où, à Djibouti, on lui avait annoncé la mort de la femme noire. La nouvelle aurait dû lui parvenir plus tôt, mais le soldat qui avait été chargé de la lui communiquer ne l'avait pas trouvé à la

base, car ce soir-là, tout de suite après avoir quitté Donika, il avait été envoyé à Mitrovica, à la base principale de l'armée française.
Énervé, il demanda à voir Alain. Il le trouva dans la salle de cours en train de faire un exposé sur le déminage. Il ouvrit brusquement la porte, s'avança jusqu'au milieu de la salle de cours et s'arrêta, revolver au poing.
- Sors. Il faut qu'on discute, dit-il à Alain, d'un ton tranchant.
Alain comprit que Jean-Marie n'était pas dans son état normal. Craignant qu'il ne puisse y avoir un accident, il décida d'interrompre son exposé et emmena Jean-Marie à l'extérieur.
- Qu'est-ce qui se passe ? lui demanda Alain, une fois qu'ils furent dehors.
- Tu le sais mieux que moi !
- Je ne comprends pas ce que tu veux dire.
- Donika, dit Jean-Marie, d'une voix à peine audible, avant d'éclater en sanglots.
- Quoi, Donika ?
- Elle a été enlevée hier soir.
- Le quartier général n'a pas donné d'ordre dans ce sens. S'il lui est arrivé quelque chose, il faut chercher ailleurs.
Même s'il était jaloux, Alain avait du chagrin pour Jean-Marie. Il en avait aussi, et plus encore, pour Donika. Il décida d'aller personnellement parler au général pour lui expliquer la situation.
Avec la permission du général de la base, Alain et Jean-Marie partirent pour Prizren, accompagnés de six soldats. Jean-Marie fut surpris de la détermination et de l'insistance dont Alain faisait preuve pour retrouver les kidnappeurs de Donika. Le général avait conseillé à Alain de mener l'enquête en respectant les règlements de la police internationale.

Alain posta deux soldats devant l'immeuble de Donika, il ordonna à deux autres de surveiller l'entrée principale et il monta avec les deux derniers et avec Jean-Marie jusqu'à l'appartement de Donika. Il y avait là Alban et le frère de Donika, qui avait les yeux rougis d'avoir pleuré pour sa sœur, ainsi qu'un policier chargé de surveiller l'appartement. L'entretien qu'ils eurent avec Alban et le frère de Donika ne leur apprit rien de nouveau. Alain demanda à Alban comment il savait que Donika avait déjà été menacée et agressée plus tôt. Alban lui expliqua que c'était Donika elle-même qui lui avait demandé de l'aider et qu'il avait payé quelqu'un pour veiller sur elle.

- Et il s'appelle comment, celui que vous avez payé ? , demanda Alain.

- Je ne le connais pas.

- Nous devons savoir qui est cet individu. C'est dans l'intérêt de Donika, protesta Alain, impassible.

Alban écarquilla les yeux, mais ne dit rien.

- Comment peux-tu donc engager quelqu'un que tu ne connais pas ? rétorqua Jean-Marie.

- C'est un ami qui me l'a indiqué et je ne voulais pas faire des recherches. Le plus important, c'était de protéger Donika, répondit Alban, sur un ton de dédain. Si vous n'étiez pas amoureux d'elle, vous vous en ficheriez, vous les Français, leur dit-il sans ambages.

- Il faut que tu retrouves celui que tu as payé pour protéger Donika, dit Jean-Marie, comme s'il devinait ses réflexions.

- Donnez-moi un peu de temps. S'il le faut, je paierais la rançon, expliqua Alban.

- Non, reprit Jean-Marie. L'argent n'est pas la raison de son enlèvement. Donika n'est pas riche et ils le savent bien.

- Je n'aurais pas dû accepter de payer la première fois qu'elle a été menacée. J'ai fait une bêtise. Je n'ai fait que les encourager à recommencer.
Les propos d'Alban étaient assez convaincants. Finalement, Alain déclara que l'enquête suivrait son cours.
Arben, le frère de Donika, fut étonné d'apprendre que sa sœur avait déjà subi une agression et des menaces dans le passé. Alban lui apparut alors comme auréolé de prestige car il avait aidé sa sœur sans lui en parler. Il était fier d'être assis à côté de l'homme qui avait porté secours à sa sœur sans demander d'argent.
Jean-Marie et Alain convinrent d'un autre rendez-vous avec Alban. Ils rassemblèrent ensuite les soldats et se mirent en quête d'autres pistes pour tenter de retrouver les criminels. Avant de partir, ils demandèrent à Alban de les contacter s'il avait quelque indice à leur fournir.

CHAPITRE XII

Donika avait passé la nuit sans reprendre conscience. Lorsqu'elle ouvrit les yeux, vers six heures du matin, elle se retrouva dans une pièce aux murs tout blancs, éclairée par une simple ampoule qui pendait au plafond. Elle avait l'impression de se trouver dans une maison qui venait d'être construite ou qu'on était en train de rénover. Le lit sur lequel elle était couchée et où elle était restée mi-morte, mi-vivante, avait été improvisé à l'aide de quelques couvertures et d'un oreiller rigide. Des mégots écrasés jonchaient le sol en béton. La pièce était nue, sans mobilier.

Donika jeta un regard vers la porte, en se disant qu'elle devait être fermée comme les fenêtres, condamnées par des planches clouées. Au prix de gros efforts, elle parvint à se lever et se dirigea instinctivement vers la porte, même si elle savait qu'elle était verrouillée. Elle se sentait épuisée et fatiguée, comme si elle avait fait de lourds travaux. Elle agrippa la poignée de la porte et poussa de toutes ses forces.

Elle s'approcha de la fenêtre et tendit l'oreille pour écouter si elle n'entendait pas des voix à l'extérieur. Mais il n'y avait pas un bruit, pas même un piaillement d'oiseau, pas même un ronronnement d'animal. Elle retourna s'asseoir sur le lit et commença à réfléchir pour savoir comment elle s'était retrouvée ici.

Elle se souvint des moments qu'elle avait passés avec Jean-Marie, d'une nuit pluvieuse, de deux individus masqués qui l'avaient saisie par derrière. Elle voulait obstinément déterminer combien de temps elle avait été entraînée avant d'arriver dans cet endroit ou se rappeler un détail, mais c'était peine perdue. Elle ne se souvenait même pas du moyen de transport, ni de la durée du trajet.
Elle se demanda, étonnée, d'où provenait cette énergie qui lui conférait une telle résistance au point qu'elle n'arrivait pas à pleurer. Elle qui, avant, sanglotait pour un rien, ou pour son mari qu'elle ne retrouvait pas, voilà qu'elle ne versait pas une larme alors qu'elle ne savait pas combien de temps il lui restait à vivre. Elle voulait pleurer, assouvir son cœur, mais aucune larme ne coulait. C'était comme si son cœur était sous l'effet d'un poison qui l'étouffait en consumant toutes les cellules de son corps. Elle pensa crier pour qu'on l'entende dans une maison voisine. Si elle pouvait crier assez fort, il y aurait bien quelqu'un, au dehors, qui l'entendrait et qui viendrait la délivrer. Elle avait vu beaucoup de maisons en construction, toutes isolées. Elle supposait que ses kidnappeurs n'étaient pas bêtes et qu'ils avaient sans doute pris toutes les mesures nécessaires pour que leur victime ne soit pas repérée. Cependant, elle se dit qu'il valait mieux crier et défoncer la porte à coup de pied qu'attendre la mort sans protester. Finalement, en criant, elle abrégerait ses souffrances. Hana, la voyante, ne l'avait-elle pas prévenue du danger qu'elle courait ? Et les gens, au café près de la fontaine, ne l'avaient-ils pas mise en garde ? Et les deux individus qui l'avaient assaillie dans son appartement ne lui avaient-ils pas dit ce qui l'attendait si elle continuait à fréquenter les Français ? En se rappelant leurs paroles, elle se dit qu'ils ne la tortureraient sans doute pas à mort, mais qu'ils la défigureraient plutôt à coups de couteau.

Laissant libre cours à son imagination, elle envisagea les tortures qu'elle pourrait subir dans quelques minutes ou dans quelques heures. Elle conclut qu'avec son visage balafré, la vie n'aurait plus de sens pour elle, car Jean-Marie ne l'aimerait plus. Une vie sans amour est vide. Il lui arrivait, de temps en temps, de tenir à la vie, de vouloir vivre. Mais à l'idée que Jean-Marie la quitterait, que tout le monde la mépriserait et que ses élèves ne la respecteraient plus, la mort lui semblait encore la meilleure solution.
- Ouvrez cette porte ! se mit-elle à crier en frappant violemment des pieds contre la porte.
Deux heures après que Jean-Marie et Alain eurent quitté Alban, alors que Donika avait déjà crié pour la deuxième fois, la clé tourna dans la serrure.
Donika recula et, dès que la porte s'entrouvrit, elle tenta de s'échapper. Mais quatre individus coiffés de cagoules noires s'emparèrent d'elle et l'enserrèrent dans les couvertures qui lui avaient servi de lit. Tout ce qu'elle réussit à entrevoir, ce fut un long couloir et un escalier qui menait à l'étage supérieur. Elle ne put pas distinguer si elle était dans la cave ou au rez-de-chaussée. A voir les murs complètement nus et les outils qui traînaient sur le sol, elle comprit qu'elle était enfermée dans une maison en construction. Les individus lui ligotèrent les mains, la bâillonnèrent et lui mirent un bandeau sur les yeux.
- Tu n'as pas honte de baiser avec les Français, pendant que ton mari pourrit dans les prisons ennemies ? dit l'un d'entre eux, qui s'était assis sur une vieille chaise.
Les trois autres personnages restèrent debout, sans enlever leur cagoule, et l'un d'entre eux apporta une chaise pour celui qui avait l'air d'être le chef.
- On t'avait prévenue que cela t'arriverait si tu continuais. Tu es intelligente et je pense que tu n'as pas besoin d'explication.

- Tu devrais lui expliquer quelles tortures elle risque de subir avant de …
- Ferme-la ! Tu n'y connais rien, fulmina le type qui semblait être le chef de la bande.
Un silence de mort envahit la pièce. Tout le monde se tut. L'homme à l'allure de chef semblait avoir perdu le fil de son interrogatoire. Ce silence frappa Donika d'effroi.
Aucun des quatre individus ne se rendait compte de l'angoisse de la scène. Comme Donika avait les yeux bandés, ils se disaient qu'ils pouvaient bien enlever leur cagoule sans risquer d'être vus de la jeune femme. Elle ne pouvait pas délier ses mains et enlever le bandeau qui lui couvrait les yeux. Mais les ordres du grand chef étaient clairs : personne ne pouvait travailler sans cagoule.
L'individu qui avait tenté de parler considérait que son chef avait beau poser toutes les questions du monde à Donika, celle-ci ne pouvait de toute façon pas répondre puisqu'elle était bâillonnée. Il encaissa les paroles arrogantes du chef, convaincu que celui-ci avait certainement une meilleure idée. Le mépris que lui témoignait le chef de la bande n'était pas sans rapport avec le fait qu'il avait été engagé pour sa force physique, son agilité et sa rapidité d'action. Il baissa humblement la tête, comme pour se repentir d'avoir parlé inutilement.
- Tu n'as pas honte d'embrasser un étranger en public ? Tu n'es qu'une putain et tu mérites une punition. Nous ne voulons même pas entendre ce que tu as à dire pour ta défense.
Chaque mot blessait durement Donika et elle ressentait de la haine envers cet homme qui ne lui permettait même pas de se défendre.
Un bruit, puis un claquement de porte retentirent au fond de la maison. Trois des individus masqués sursautèrent. Le quatrième, par contre, celui qui était assis sur la vieille chaise, resta impassible. Il avait reconnu le pas du

retardataire. Un homme de grande taille, la tête dissimulée sous une cagoule, pénétra dans la chambre, escorté de deux gardes du corps personnels, eux aussi masqués.
- Tu es en retard ! déclara le type qui était assis sur la chaise, en se levant. Quelques minutes de plus et j'allais commencer la séance de torture sans toi.
L'homme qui venait d'entrer acquiesca de la tête comme pour confirmer son retard ; puis, d'un geste, il fit comprendre que tout le monde devait sortir de la pièce. Un à un, les hommes sortirent lentement, à l'exception de celui qui était assis sur la chaise et qui faisait mine de ne pas vouloir s'en aller. Le nouvel arrivé lui fit signe de se dépêcher de sortir, lui aussi. Il ferma la porte à clé et alla s'asseoir sur la chaise en promenant son regard sur le corps de Donika, couchée, immobile et transie de peur.
Donika entendit les pas s'éloigner, puis la clé tourner dans la serrure, puis la lourde démarche de l'homme qui s'approchait d'elle. Assis sur la chaise, l'individu masqué observa le corps de la jeune femme. Il se leva, s'approcha du lit et se mit à caresser les jambes de Donika. Elle essaya de résister, mais en vain.

CHAPITRE XIII

Le mois d'octobre touchait à sa fin, mais étonnamment, le soleil brillait encore avec tout l'éclat d'une fin d'été. Les terrasses étaient bondées. Alain et Jean-Marie buvaient une bière au bar qui jouxtait le Pont de Pierre.
- Alban est en retard, dit Jean-Marie, impatient.
- Cinq minutes, à peine. Un peu de patience. Il va bientôt arriver, lui répondit Alain, après avoir consulté sa montre.
Alain et Jean-Marie attendaient Alban, qui devait les entretenir du problème de Donika.
Les deux Français avaient bien fait des recherches, de leur côté, mais sans résultat. Dans leur collaboration avec la police internationale, ils n'avaient pas réussi à découvrir autre chose que ce qu'avait raconté la fillette. La police prétendait ne pas pouvoir faire avancer l'instruction, car personne ne parlait. Après avoir étudié toutes les déclarations, celles des témoins et celles des voisins, Jean-Marie avait conclu qu'ils n'avaient aucune idée de l'identité des hommes cachés sous les cagoules. Dans l'obscurité d'une nuit pluvieuse, tous n'avaient vu que des silhouettes cagoulées. Personne n'avait noté le numéro d'immatriculation, ni la couleur de la jeep et encore moins de l'autre voiture, que seule la fillette avait aperçue. Comme le rapport de la police ne faisait mention d'aucune expertise réalisée sur les traces laissées par les pneus de la jeep, Jean-Marie et Alain avaient demandé aux autorités chargées de l'enquête d'y procéder tout de suite. Il leur

avait été répondu que la police internationale ne disposait pas de pareils experts. Alban restait donc leur seul espoir de trouver des indices.
Jean-Marie avait échafaudé un plan. Il suffisait de suivre Alban jusqu'à ce que celui-ci rencontre le type qu'il avait soudoyé. Quand les deux hommes se quitteraient, il n'y aurait plus qu'à filer l'individu qui avait reçu l'argent et que Jean-Marie soupçonnait d'être impliqué directement ou indirectement dans l'enlèvement de Donika. Jean-Marie considérait qu'il fallait éradiquer ce réseau de criminalité organisée, que le problème ne serait pas résolu en payant une rançon pour obtenir la libération de Donika et que les malfaiteurs continueraient à enlever des gens et n'arrêteraient pas de réclamer de l'argent. Il l'avait dit à Alain, mais il se rendait bien compte qu'ils n'étaient pas capables, à eux deux, de se lancer dans une telle aventure.
Quand ils surent que toutes les démarches avaient été confiées à des policiers étrangers, qui ne connaissaient ni le terrain, ni la langue, les deux Français comprirent tout de suite que les chances de retrouver Donika vivante étaient minimes.
- Excusez-moi pour le retard, dit Alban, qui venait d'arriver, accompagné du frère de Donika.
Alban expliqua qu'il avait dû régler des affaires personnelles et qu'il avait aussi pris du retard, parce qu'il était passé chercher Arben.
- Alors, quoi de neuf ? , demanda Jean-Marie.
- J'ai rencontré notre homme et je lui ai promis une somme d'argent importante s'il nous désignait l'endroit où est cachée Donika.
- Quand pouvons-nous espérer une réponse ?, demanda Alain.
- Dans quelques heures, cette nuit, sinon demain, répondit Alban, la voix enrouée de fatigue.

- Dis-moi, reprit Alain, est-ce toi qui lui a promis de l'argent ou bien lui qui t'en a demandé ?
- Il ne m'a rien demandé. Il prétend vouloir nous aider. Il dit seulement que les autres, eux, vont peut-être demander du fric. Il espère d'ailleurs que c'est l'argent qui a motivé le kidnapping de Donika, car alors ils la relâcheront, sinon il sera très difficile d'obtenir sa libération.
- Ne vaudrait-il pas mieux que nous t'accompagnions ?
- En uniforme ? Vous n'y pensez pas. Cela ne ferait que compliquer les choses.
Il n'était pas question d'enlever l'uniforme ; les militaires n'étaient pas autorisés à sortir en ville en costume civil, et encore moins à s'infiltrer dans les ruelles de la cité.
Arben ne comprit que quelques mots de la conversation, qui se déroulait en français.
Jean-Marie et Alain prirent congé et se levèrent pour aller au rendez-vous que leur avait donné le chef d'instruction.

CHAPITRE XIV

Assis sur un long banc dans le couloir qui menait au bureau du chef d'instructions de Monsieur P., Jean-Marie et Alain se morfondaient depuis un bon moment.
La secrétaire de Monsieur P., une jolie femme au teint pâle et aux cheveux noirs, courts et bouclés, se présenta et leur annonça que le chef allait arriver. Les deux Français, qui avaient laissé les soldats dans la jeep garée devant le bâtiment, étaient las d'attendre. Ils se mirent à faire les cent pas dans le couloir, en ruminant, chacun de son côté, toutes les données de l'affaire pour essayer de trouver la solution du mystère.
Jean-Marie envisageait d'enlever sa tenue militaire et de suivre Alban. Il savait que c'était courir le pire des dangers mais aussi la façon la plus sûre d'en avoir le cœur net. C'est pourquoi il avait décidé de s'adresser au général, sans l'accord de qui il n'avait même pas le droit de se rendre en ville.
La secrétaire de Monsieur P. ouvrit la porte et invita les deux militaires à entrer dans le bureau.
Monsieur P., un homme d'une cinquantaine d'années, se leva pour saluer les deux Français en leur demandant d'excuser son retard. Puis, il se rassit en ajustant son uniforme. Il commença à disserter sur les difficultés auxquelles se heurtait son travail dans ce pays inconnu, sur le manque de coordination des services entre les policiers de différents pays. Il se plaignit du fait que les autochtones

ne collaboraient pas avec la police. Son discours dura plus de dix minutes et si Jean-Marie ne l'avait pas interrompu, il aurait continué à parler de toutes les activités dont était chargée la police internationale. Il ajouta encore qu'il avait accepté une mission au Kosovo à cause de la rémunération intéressante, qui lui avait assuré en cinq mois à peine son existence pour cinq années au Pakistan.

- Nous aimerions savoir où en est l'enquête sur l'enlèvement de Donika, demanda Jean-Marie sur un ton d'impatience.

- A zéro, répondit Monsieur P. tout court.

- Avez-vous une idée de pistes potentielles ?

- Ça, ce n'est pas difficile. Les enlèvements, ici, ont deux mobiles : soit pour vendre les organes humains, soit pour demander une rançon aux familles. Selon nos informations, les auteurs d'enlèvements sont des groupes de combattants extrémistes de l'armée de libération qui collaborent avec des rebelles d'Albanie. La femme qui vous préoccupe doit certainement se trouver quelque part en Albanie ou alors sur la route de l'Italie. Mais, dites-moi, pourquoi vous intéressez-vous tellement à cette femme ?

- Elle était professeur de français.

- Je ne crois pas que ce soit la seule raison !

- Vous vous trompez.

- Qu'est-ce qui vous permet de croire qu'elle serait actuellement en dehors du Kosovo ? , interrogea Alain.

- Attendons que les ravisseurs demandent une rançon.

- Et s'il n'y a pas de demande de rançon ?

- Dans ce cas, on retrouvera son corps sans vie au fond d'une forêt et on pourra déterminer, en faisant une autopsie, qui étaient les ravisseurs. Si on ne retrouve pas son corps, cela voudra dire qu'elle a été placée dans un réseau de prostitution.

- Vous nous conseillez donc d'attendre sans rien faire ?

- Que voudriez-vous de plus ? Qu'on se sacrifie pour une Kosovare enlevée ?
Monsieur P. se leva pour leur faire comprendre que l'entretien était terminé.
Déçus, les deux Français regagnèrent l'extérieur en se disant que la seule possibilité d'obtenir la libération de Donika était Alban. Ils essayèrent de lui téléphoner, mais ils ne parvinrent pas à le joindre sur son portable.
Fatigués et le moral à zéro, les deux hommes allèrent s'installer dans un restaurant, où ils attendirent le coup de fil de Alban. Ils étaient là depuis quelques minutes lorsque Alma et Albert vinrent s'asseoir à une table voisine. Alain dirigea son regard vers les jeunes gens ; il avait l'impression de les avoir déjà rencontrés quelque part.
Quelque temps après, Alban rejoignit les deux militaires. Jean-Marie lui demanda si les ravisseurs l'avaient contacté. Alban raconta qu'il avait rencontré l'un d'entre eux, à qui il avait remis une grosse somme d'argent, et que, selon lui, Donika devrait être libérée très prochainement.
- Est-ce que tu connais les jeunes gens qui sont attablés derrière toi ? , demanda Alain.
- Non, je ne les ai jamais vus ; ils ne sont pas d'ici, répondit Alban.
Alban se leva en disant qu'il avait hâte d'aller annoncer la nouvelle au frère de Donika.
Jean-Marie aurait encore voulu lui demander ce qui arriverait si les ravisseurs ne relâchaient pas Donika, maintenant qu'ils avaient encaissé l'argent. Il n'en eut pas le temps, car Alban était déjà parti.
- Excusez-moi, dit Albert en français en s'approchant des deux militaires. Si je ne vous dérange pas, j'aimerais m'entretenir un instant avec vous.
Alain, tout étonné, leva la tête. Ce jeune homme, qu'il ne connaissait pas, voulait lui parler. Il avait déjà remarqué

son manège plus tôt, mais il croyait que c'était son uniforme qui attisait la curiosité de cet homme.
- Avec plaisir, répondit Alain.
Jean-Marie ne dit rien. Il regarda le jeune homme, qui fit signe à la fille de les rejoindre à la table.
- Nous faisons partie des services secrets du Kosovo, déclara le jeune homme en guise de présentation.
Alain et Jean-Marie furent surpris d'entendre parler de « services secrets » du Kosovo. Ils n'avaient jamais lu nulle part que le Kosovo avait des services secrets.
- Nous n'avons pas d'existence officielle, dit Albert impassiblement, mais nous agissons.
- De quoi voulez-vous nous parler ? demanda Jean-Marie.
- De l'enlèvement de Donika, répondit Alma.
Alain et Jean-Marie se regardèrent et firent signe de la tête qu'ils étaient prêts à discuter. Tous deux pensaient qu'ils n'avaient rien à perdre, qu'en revanche ils pourraient peut-être apprendre quelque chose.
- Que savez-vous de son enlèvement ?, demanda Jean-Marie.
- Nous soupçonnons quelques individus d'être les ravisseurs de Donika, dit Alma.
- Ah. Et sur quoi fondez-vous vos soupçons ?
- Ça, c'est notre secret, répondit Albert.
- Pourquoi ne dites-vous pas tout cela à la police internationale ? , demanda Alain.
- Ils ne veulent pas de nos services. Ils seraient même prêts à nous mettre en prison.
- Et qui donc soupçonnez-vous ?
- Notre principal suspect, dit Albert, c'est Alban.
- Pourquoi donc précisément Alban ?
- C'est notre secret. Ce type s'est enrichi en collaborant avec nos ennemis avant la guerre et pendant la guerre, et il continue maintenant que la guerre est finie. C'est le genre

d'individu qui préfère un état sans loi, ni règle, où les criminels règnent en maîtres absolus.
Jean-Marie et Alain ne leur dirent pas qu' Alban venait de leur promettre la libération prochaine de Donika. Ils craignaient qu'Albert ne fasse partie de la bande des ravisseurs, mais ils se disaient que ses affirmations reposaient peut-être sur des éléments concrets. Si les deux jeunes gens n'avaient pas eu d'arguments, ils ne les auraient pas abordés ainsi pour discuter avec eux. Malgré tout, les deux Français n'excluaient pas la possibilité qu' Alban soit impliqué dans l'enlèvement de Donika. Il fallait attendre maintenant que la jeune femme soit libérée.
Albert ajouta qu'il avait suivi Alban jusqu'à un village lointain, où Donika devait être enfermée dans une maison abandonnée. Les deux Français écarquillèrent les yeux.

CHAPITRE XV

C'était le matin du dernier mercredi d'octobre, trois nuits et deux jours après l'enlèvement de Donika. Le téléphone de Jean-Marie sonna. Sur le cadran, il reconnut le numéro de Monsieur P, le chef de la police internationale.
Il comprit qu'il y avait du nouveau. Toutes sortes d'idées traversèrent son esprit. Peut-être a-t-on retrouvé le corps de Donika, tout déchiqueté, se dit-il, en tremblant de tout son corps.
- Nous avons trouvé le corps d'une femme qui correspond à la description de la personne portée disparue.
- Elle est vivante ? , s'exclama Jean-Marie.
- Oui.
- Où est-elle ?
- On l'a fait conduire à l'hôpital.
Jean-Marie appela Alain et ils partirent ensemble pour l'hôpital municipal. Ils ne téléphonèrent pas à Alban pour lui apprendre la nouvelle de la libération de Donika, ni pour lui demander si les ravisseurs l'avaient averti. Ce matin-là, pour Jean-Marie, tout se passa avec une rapidité extrême ; il ne pensait qu'à une chose : voir Donika pour être sûr qu'elle était vivante. Jean-Marie eut l'impression que le trajet de chez lui à l'hôpital durait une éternité.
Quatre jeeps rouges de la police internationale étaient stationnées devant l'entrée principale de l'hôpital. Alain gara la jeep militaire à côté des véhicules de la police internationale. Il salua Monsieur P. qui les attendait dans

le couloir d'entrée. Les badauds qui allaient rendre visite à un malade et ceux qui venaient en consultation chez un médecin regardaient avec curiosité les policiers et les militaires grimper les escaliers de l'hôpital jusqu'au deuxième étage.

Personne ne savait que c'était Donika qui était la cause de ce tohu-bohu. Tous pensaient que probablement une personnalité de la communauté internationale avait eu un accident, car jamais il n'y aurait eu tant de policiers et de militaires pour un Albanais.

Donika reposait sur un lit, les yeux fermés. Elle était installée dans une chambre particulière dont la porte était gardée par un policier. Jean-Marie poussa la porte doucement, en essayant de ne pas faire de bruit. Il s'approcha du lit, toucha le front en sueur de la jeune femme et posa un baiser en douceur sur sa joue blême. Donika ouvrit les yeux, regarda Jean-Marie, puis la chambre, tout étonnée de se trouver dans cet endroit. Au début, elle eut l'impression de rêver ou d'avoir une hallucination. Que de changements s'étaient produits depuis son dernier souvenir. D'une chambre vide où il n'y avait que quelques couvertures en guise de matelas, elle se retrouvait dans une pièce où tout éclatait de blancheur et de propreté. Les hommes cagoulés et brutaux étaient remplacés par son amoureux qui caressait son front en sueur.

Elle ne parvenait pas à comprendre comment s'était opéré le transfert d'un endroit à l'autre et elle se demandait où elle pouvait bien être. Elle voulut tendre la main pour toucher Jean-Marie, mais elle n'y arriva pas, épuisée et à bout de force.

- Ne t'inquiète pas ! Désormais nous ne nous séparerons jamais ! disait Jean-Marie en la caressant doucement.

Donika fit des efforts pour parler, mais elle ne pouvait émettre de sons. Elle voulait lui raconter ce qu'elle avait

subi. Au lieu de paroles les larmes coulèrent. Ses larmes furent accompagnées par celles de Jean-Marie.
Après une heure le médecin exigea que Jean-Marie sortît pour laisser Donika se reposer. Le médecin ne savait pas qu'elle ne demandait pas à se reposer toute seule. Son repos le plus agréable était la présence de Jean-Marie à côté d'elle. Elle refusa, d'un geste de la tête, l'ordre du médecin, mais celui-ci ne comprit pas ce qu'elle voulait dire.
Jean-Marie consulta le médecin sur l'état de santé de Donika. Le médecin dit qu'il n'y avait pas de traces de coups ou de tortures sur son corps, sauf quelques lésions sur les articulations des mains. Il le calma en lui disant que tout cela passerait vite. Il lui dit aussi qu'il avait un autre fait à lui confier, que c'était un secret professionnel et qu'il dépendrait de Donika d'en parler. Pour Jean-Marie le plus important était, pour le moment, le fait que Donika était sauvée. Un soldat devait garder l'entrée de la chambre avec un policier international et deux autres à l'entrée principale. Il recommanda au soldat de ne pas permettre l'accès à la chambre de Donika à qui que ce soit.
Alain conduisait la jeep tandis que Jean-Marie adressa un coup de téléphone à Alban. Ils se fixèrent rendez-vous dans le bar de l'hôtel « Theranda ». C'est après avoir commandé les boissons que Jean-Marie dit à Alban que les kidnappeurs avaient relâché Donika. Etonné, Alban embrassa Jean-Marie et serra la main d'Alain.
Personne ne put dire si Alban fut surpris, ou bien réjoui. Sa réaction était si brusque qu'il avait l'air d'être surpris et réjoui en même temps. Tous les doutes qu'avait suggérés Albert, du service secret kosovar, disparurent de l'esprit du Français amoureux. Alban, tout réjoui, leur raconta comment il avait rencontré l'individu qui avait réclamé la rançon, comment il lui avait promis que la femme serait bientôt relâchée.

Jean-Marie exigea de trouver la personne qui avait reçu l'argent car il pourrait menacer, de nouveau, Donika. Alban refusa catégoriquement, mais Jean-Marie, désormais rassuré pour Donika, insistait pour s'emparer du kidnappeur.

- Ils sont dangereux ! S'ils sont appréhendés, ils se vengeront de moi, dit Alban.

- Il a raison ! dit Alain à son compatriote.

Jean-Marie ne savait pas qui soupçonner. Il était sûr que les kidnappeurs pourraient être pris grâce à l'aide d'Alban ou Albert. Lequel parmi les deux disait la vérité ? Quant à Albert, Monsieur P. lui avait dit qu'il était membre de l'association des anciens combattants, qu'ils avaient de l'expérience guerrière et que, derrière eux, se cachaient les organisateurs du crime organisé. Quant à Alban, il n'avait discuté de lui avec personne. Il savait qu'il appartenait à la classe des riches d'avant et d'après la guerre, mais ce n'était pas une raison pour douter de lui. Il savait qu'il avait de l'affection pour Donika et croyait que c'était la raison pour laquelle il avait payé la rançon permettant de la relâcher.

CHAPITRE XVI

Jean-Marie était désireux de trouver les kidnappeurs. La seule piste vers eux, c'était Alban et Albert. Ce dernier lui avait désigné le village où il avait suivi Alban, mais on avait trouvé la jeune femme dans un autre village, plusieurs kilomètres plus loin. Jean-Marie était allé chercher Donika à l'hôpital, on avait l'impression qu'elle voulait tout oublier. Elle se délectait de faire des promenades avec Jean-Marie, mais elle était encore habitée par la peur des inconnus.

Ses baisers ardents avaient perdu, maintenant, de leur passion. Jean-Marie l'avait déjà remarqué, mais il croyait qu'avec le temps elle surmonterait la peur et qu'elle retrouverait sa fougue d'antan.

Jean-Marie avait proposé à Donika d'inviter à un dîner tous ses amis pour fêter sa libération. Donika avait refusé de revoir tout ce monde en affirmant qu'elle n'avait ni amis, ni copines, sauf Alma et, éventuellement, Alban.

Jean-Marie avait réservé le restaurant « Iliria », où il avait rencontré, pour la première fois, Donika et, sans l'avertir, il avait invité Alban avec tous ses salariés, ainsi qu'Albert.

Le parking du restaurant était bondé de voitures civiles et de jeeps militaires. Jean-Marie trouva une place pour sa jeep, en sortit et ouvrit la portière à Donika. Celle-ci aperçut Alma qui lui faisait signe de la main et, à côté d'elle, se trouvait Alain qui leur fit signe aussi.

Dès que Donika apparut au restaurant, une dizaine de personnes se mirent à applaudir. Elle en ressentit un plaisir indescriptible. C'était une surprise bien arrangée de la part de Jean-Marie. Tout le monde se leva pour la saluer.
Elle s'assit en face d'Alma qui était entre Alain et Alban. Elle voulait demander à Alma où était son mari, mais elle savait qu'Alma allait toute seule aux invitations dans de telles fêtes. Les bouteilles de champagne et les verres de whisky se vidaient rapidement. Et les chansons se succédaient l'une à l'autre.
Après avoir bu trois verres de champagne Donika se sentit soulagée. Elle prit Jean-Marie par la main et fit un clin d'œil à Alma pour choisir l'un des hommes qui l'entouraient et commença à danser. Alma choisit Alain qui était gêné de parler avec Albert, assis à côté de lui. Donika menait la danse et la file s'allongeait.
Ceux qui ne dansaient pas applaudissaient en suivant le rythme de la musique et, de temps en temps, vidaient leurs verres.
Alban avait l'air d'être sous l'emprise de l'alcool. Il buvait et, de temps en temps, avalait des morceaux de poisson frais.
La chanteuse arrêta de chanter pour se reposer et les autres, tous en sueur, reprirent leurs places. Au moment où Donika reprenait sa place, Alban bavardait avec son ami qui était à côté de lui :
- Ferme-la ! Tu ne sais rien ! dit-il à Alban. Il avait un costume noir et une cravate rouge.
Donika sentit son corps trembler. Elle perdait toute force. Elle ne savait pas si c'était à cause de l'alcool, de l'air lourd ou de la chaleur. « Ferme-la ! Tu ne sais rien ! ». Ces phrases faisaient écho dans son esprit. Elle les avait déjà entendues. Cette voix aussi. C'était le même timbre que l'homme qui l'avait soumise à l'interrogatoire dans la chambre où elle était ligotée. La même voix. Les mêmes

paroles. Une même sonorité qui lui transperçait le cerveau.
Elle s'appuya sur le bras de Jean-Marie pour ne pas s'abattre à terre. Elle était en nage. Alain, qui était en face d'elle, regardait attentivement ses mouvements et se leva pour aider Jean-Marie à mener Donika dehors, à l'air frais.
- Ah ! Mon Dieu ! murmura-t-elle plusieurs fois, dans les bras de Jean-Marie. C'est lui le kidnappeur !
- Qui ? demanda Jean-Marie.
- Celui-là, à côté d'Alban.
- Ça va. Ne dis rien ! Lui conseilla Jean-Marie.
On lui rafraîchit le visage et les yeux avec de l'eau froide. Ils restèrent quelques minutes à l'air frais et ensuite revinrent dans la salle du restaurant où la musique battait son plein. Jean-Marie lui dit de se taire et de faire comme si rien ne s'était passé. Alban demanda à Alma ce qui était arrivé à Donika. Alma qui n'était au courant de rien lui dit qu'elle se sentait mal à cause de la chaleur.
Jusqu'à onze heures trente, la chanson, la danse et la conversation battaient encore leur plein. Mais c'était l'heure du couvre-feu ; alors tout le monde partit en souhaitant à Donika une bonne nuit.

CHAPITRE XVII

Puisque Donika se doutait que la voix qu'elle avait entendue était celle de la personne cagoulée, Jean-Marie demanda à Albert de suivre Alban et ses amis.
Deux jours après le dîner au restaurant « Iliria » la police internationale avait emprisonné Alban et trois de ses salariés. L'un d'entre eux avait avoué, dix heures plus tard, qu'il avait participé, sur les ordres d'Alban, à l'enlèvement de Donika. La police prolongea sa garde à vue. Le même homme avait dit qu'Alban avait violé la jeune femme et puis, plus tard, avait ordonné de la relâcher en la déplaçant dans un autre endroit où elle avait été maintenue en réclusion solitaire.
La police s'était rendue dans la chambre où Donika avait été ligotée et, après avoir photographié et pris les empreintes digitales tout autour de la maison, elle déploya la bande plastique de la police pour interdire l'accès à qui que ce soit. On confirma que la maison était la propriété de l'un de ceux qui avaient participé à l'enlèvement.
Donika ne voulait pas entendre parler de ces événements pénibles, pleins d'angoisse et de souffrance, qu'elle avait endurés. Elle ne voulait pas savoir qui étaient les kidnappeurs, ni le violeur. Elle ne voulait pas voir son visage car il lui semblait désormais hypocrite et mu par un cœur sans pitié. Si la sonorité âpre de la voix du kidnappeur n'avait pas percé ses oreilles, elle n'aurait jamais cru qu'Alban était aussi sauvage et criminel.

C'est maintenant qu'elle comprenait ses intentions lorsqu'il cherchait à l'aider, et les dépenses d'argent et tout ce qu'il lui offrait. Elle s'étonnait de voir qu'il avait payé des gens pour suivre tous ses mouvements. Elle se rendait compte qu'aucun rendez-vous avec lui n'avait été fortuit.
En fin de compte, ça ne servait à rien de penser à lui. C'est ce qu'elle ruminait en marchant avec Jean-Marie, main dans la main, devant la fontaine du centre de Prizren. Les gens ne les regardaient pas avec surprise, comme elle l'avait imaginé en sortant en ville. Personne ne s'offensait en la voyant avec le Français. Ils en parlaient, peut-être, mais Donika ne les entendait pas. C'était un jour ensoleillé de la dernière semaine d'octobre.
Jean-Marie avait réservé les billets pour Paris mais il ne l'avait pas encore dit à Donika. Il attendait le moment propice, près de la fontaine. Il lui tendit le billet. Donika le regarda un instant et l'embrassa. Au moment où Jean-Marie lui donnait un baiser, Donika vit une grande Eglise avec cinq grandes tours. L'église était gardée jalousement par beaucoup de prêtres qui ne permettaient l'accès à aucune femme. L'église se situait dans un endroit escarpé, construite sur les rochers d'une montagne, nommée la Montagne Sainte, quelque part en Grèce.
Donika se voyait avec Jean-Marie, ils contemplaient ensemble l'église sur la Montagne Sainte. Puis les prêtres qui gardaient l'édifice la traquèrent et l'enfermèrent dans une des pièces de l'église. Elle voyait la police grecque qui venait à son secours et des morts-vivants lui bloquaient le passage comme s'ils demandaient son aide et celle de Jean-Marie pour les libérer de la mort qui les emprisonnait depuis des siècles.
Elle ouvrit les yeux et se vit dans les bras de Jean-Marie près de la fontaine. Elle fut surprise que sa vision ne soit pas une évocation de Paris, mais une suite d'images cauchemardesques.

Quoi qu'il arrive, elle était heureuse car, désormais, son destin était lié à Jean-Marie, sans qui elle ne pouvait imaginer la vie.

Romans et nouvelles d'Europe

aux éditions L'Harmattan

Dernières parutions

À TRAVERS UNE MEURTRIÈRE
Roman psychanalytique
Anne Durand
Écouter ces trois femmes qui ont tué, essayer de mettre en récit « ce qui s'est passé » cela veut dire... être porté soi-même jusqu'à ce point, ce lieu, cette « meurtrière » ce risque autour duquel chacun de nous se façonne. La rencontre de l'autre en sa folie, un étrange détour aussi au fond de soi.
(Coll. Rue des écoles, 14 euros, 111 p., mai 2015)
EAN : 9782343062327 EAN PDF : 9782336381695

AUTOMNE À BERLIN
Roman
François Benaltini
Berlin 1961. Une ville, un peuple, deux États ; Alexander a 4 ans lorsque sa mère décide de passer avec lui en Allemagne de l'Ouest. Quelques jours plus tard, dans la nuit du 12 au 13 août, un mur de barbelés s'abat sur Berlin ; des millions d'Est-Allemands se retrouvent soudain pris au piège. Parmi eux, le père d'Alexander...
(Coll. Amarante, 19 euros, 204 p., mai 2015)
EAN : 9782343058566 EAN PDF : 9782336381060

UN BOUQUET DE BRUYÈRE
Roman
Alain Parodi
Un soir d'été dans les Cévennes ardéchoises, sauvages et tranquilles, deux randonneurs ne finiront pas leur nuit sur la plage d'une rivière sous le vieux Pont de la Brousse. Le meurtre et le viol l'abrègeront trop vite. Mais il y a un témoin. Qui ne parlera pas, mais avouera à un confident les raisons intimes de son silence. Ce sera son tour de porter le secret, d'en subir les tourments, pris dans les nasses de son indécision. Un roman sur le silence, la justice où se croisent les vérités humaines de personnages simples à la part d'humanité complexe.
(20,5 euros, 210 p., mai 2015)
EAN : 9782343048796 EAN PDF : 9782336376233

CE TEMPS DES CERISES
Roman
Yvan Lissorgues
L'histoire d'une humble famille ouvrière, avec ses bonheurs et ses heurts, captée dans le regard de Paul, vieux et actif militant communiste, en proie au désenchantement, à la suite des événements de Mai 68. Après avoir suivi le dogme efficace, mais dangereux «du Parti qui a toujours raison», Paul se sent grandi de voir qu'il est capable de penser par lui-même, mais s'en trouve désemparé, avec

dans le cœur «une plaie ouverte», comme dit la chanson populaire «le temps des cerises» chantée ou fredonnée en divers moments du récit.
(Coll. Écritures, 27 euros, 328 p., mai 2015)
EAN : 9782343054513 EAN PDF : 9782336381640

CHOPIN, LES CIVILS ET MOI
Roman
Marie-Véronique Gauthier
Ce livre fait suite à *Chopin, la Guerre et moi*, et poursuit les amours de cette jeune collégienne tout juste sortie de la Légion d'Honneur, éperdument éprise de Chopin, qu'elle appelle Frédéric, et de son œuvre. 1968, lycée des Vertugadins. Isabelle ne se moque pas d'elle, quand elle fait la révérence lors d'une interro orale. Isabelle est la seule à comprendre que, saoule de joie, son amie pleure en écoutant les deux Concertos de son Amour, ou se chagrine de ne pas savoir jouer correctement l'»Étude révolutionnaire» de Frédéric.
(Coll. Rue des écoles, 12,5 euros, 112 p., mai 2015)
EAN : 9782343063126 EAN PDF : 9782336381701

LA CLEF DES PORTES CLOSES
Roman
François Winling
Ce cinquième roman, sensible et émouvant, de François Winling est dédié au lieutenant Marcel Thomas, tué dans la nuit du 27 au 28 août 1914. Son corps, comme des milliers d'autres, n'a jamais été retrouvé. Les deux héros de ce livre, André Dermon et Jacques Déchamp, auraient pu être ses camarades. Ce récit de la recherche par une jeune femme des circonstances de la mort de son grand-père tué au combat est intemporel : de tout temps les guerres détruisent les corps comme les âmes et bouleversent les familles.
(Coll. Écritures, 19,5 euros, 216 p., mai 2015)
EAN : 9782343063935 EAN PDF : 9782336381893

DÉLECTATION MOROSE
Roman
Anne Journel
En déménageant dans le Perche, Rachel pensait être à l'abri. C'était sans compter sur le hasard. Au cours d'un dîner, elle se retrouve soudain face à Alexandre, un ami qu'elle n'avait pas revu depuis son départ. Paniquée, elle fuit. Mais pourquoi veut-elle échapper à son passé ? Que s'est-il passé il y a trente ans ? Comment peut-on se cacher aussi longtemps ?
(22 euros, 265 p., mai 2015)
EAN : 9782343061399 EAN PDF : 9782336379968

DES JOURS ET DES NUITS
Récit
Marie Gardien-Rougier
«Ma mère est morte le 7 septembre...» Une femme parle à la première personne. Autofiction autour de la perte, un père taiseux né en 1900, une mère épicière débordée...Un labyrinthe de vingt-trois textes courts et un prologue, dans la même tonalité pour une voix nue. Le temps n'a pas de prise et il n'y a pas de hiérarchie pour la mémoire. Elle parle de la langue qu'elle a choisie, elle dit le

prévisible et l'inattendu. La vie ordinaire et têtue. Tout est là au présent, autour d'elle, à fleur de sensibilité.
(Coll. Écrits 21, 13 euros, 118 p., mai 2015)
EAN : 9782343063089 EAN PDF : 9782336381855

DU SANG DANS LE MAQUIS
Une tragédie corse
Gérard Estragon
Deux familles mafieuses sévissant en Corse décident d'arrêter de s'entretuer et de conclure une paix des braves. Il est préférable de gérer à l'amiable les affaires immobilières et autres juteux trafics protégés par des politiques corrompus que de se livrer à une stérile guérilla. Le plan de paix échoue. Un règlement de comptes impitoyable va opposer de jeunes hommes ivres de vengeance décidés à défendre leurs «familles» respectives.
(20,5 euros, 232 p., mai 2015)
EAN : 9782343062082 EAN PDF : 9782336380643

EN APPARENCES
Nouvelles
Hervé Cellier
Qu'ont en commun un chat vengeur, des visages aperçus dans le métro que l'on croit reconnaître, une photo qui ravive la guerre d'Algérie ou encore un problème de CM2 ? Rien en apparence. Dix nouvelles déclinent d'aveuglantes apparences. Celles qui mettent à nu nos faiblesses et font sourire parfois.
(12 euros, 104 p., mai 2015)
EAN : 9782343057774 EAN PDF : 9782336372013

ENTRE
Roman
Anne Vaillant
Mathilde, Isabeau, Claire, Mariette, Laurence et France, autant de vies qui se croisent sans se toucher, qui se mesurent sans se rencontrer, leurs priorités étant trop différentes, voir même opposées. Chaque destin est lié de près ou de loin à l'histoire d'une famille ancestrale dont les racines transmises par la terre sont portées par Jocelyn, le maître des lieux. Il les enferme dans le silence pour ne pas qu'elles soient rompues. Mais survivront-elles à sa mort ?
(12 euros, 100 p., mai 2015)
EAN : 9782343060811 EAN PDF : 9782336381022

L'HOMME QUI VOULAIT ENFANTER
Raoul Garnier
Préface d'Emmanuel Gratton
R.G., homosexuel septuagénaire, est tenaillé jusqu'à l'obsession, voire jusqu'au délire, par le désir d'enfanter. Lui qui a aidé ses étudiants à accoucher d'eux-mêmes, qui a mis au monde des livres, reste sans descendant à un âge où l'on est grand-père. Il sollicite son ami Killian – lui-même père – pour l'accomplissement de son vœu. Après moult résistances, Killian l'exauce : il donne sa semence. R.G. tombe enceint... mais de quoi ? De qui ? Comment ? Ce roman met en scène une situation subversive et transgressive de l'ordre naturel et social.
(Coll. Vivre et l'Ecrire, 17,5 euros, 182 p., mai 2015)
EAN : 9782343060675 EAN PDF : 9782336379197

LETTRE À L'ABSENT

Laurence Leguay

À travers ces pages, Laurence Leguay nous invite à un voyage dans le temps et sur les lieux de la mémoire, redonnant une place à l'absent parti rejoindre le 25e régiment d'infanterie, avec tous ceux de Saint Vaast-La Hougue et ne jamais revenir du charnier de ce qu'on appelle la Grande Guerre, celle de 1914-1918.

(Coll. Encres de vie, 11,5 euros, 72 p., mai 2015)

EAN : 9782336308388 EAN PDF : 9782336381718

UNE LIGNÉE DE VERRIERS AU XIXe SIÈCLE

Itinéraires de petits-bourgeois

Christiane Dufourcq-Chappaz

Duché de Savoie : un village de verriers, où le regard ne dépasse guère le château et l'église, entre dans le tourbillon d'un XVIIIe siècle finissant. La tourmente révolutionnaire de 1789 provoque de profonds changements dans la vie de François et entraîne le départ de l'un de ses fils pour Bordeaux. Le jeune Philibert s'efforce de mener à bien ses projets de verrerie dans cette ville où règne la dure loi du commerce et où la position sociale acquise reste fragile.

(Coll. Romans historiques, 27 euros, 323 p., mai 2015)

EAN : 9782343057262 EAN PDF : 9782336380056

LE MÉTAL DU DIABLE

Bernard Moulenes

Bernard Moulènes remet en scène Jean Massenaud (le personnage de son roman *Carnaval à Mindelo*, 2012) débutant dans la carrière. Il nous entraîne dans une enquête haletante au Niger, en Turquie, puis en Nouvelle-Calédonie. Sa mission est de faire respecter le droit international dans la recherche et l'exploitation des ressources minières. Réfléchi et prompt à l'action, l'agent Massenaud ne devrait pas décevoir, mais serait-il sensible à l'odeur de parfum légèrement musqué que laisse derrière elle une jeune femme au charme énigmatique.

(Coll. Rue des écoles, 17 euros, 168 p., mai 2015)

EAN : 9782343062938 EAN PDF : 9782336382005

L'OR DE LA MISÈRE

Roman

Sylvie Bourgouin

Olga descendit rapidement les marches de la station de métro Mirabeau, admira la perspective et les lignes de fuite qui l'été, quand la ville se vidait, donnaient à Paris le modelé d'une ville américaine, puis elle s'engouffra dans le tunnel d'une nouvelle vie, appliqua la face violette de son pass Navigo sur la borne et força le passage, elle poussa de ses mains l'ouverture du portillon automatique...

(Coll. Écritures, 22,5 euros, 280 p., mai 2015)

EAN : 9782343054667 EAN PDF : 9782336376325

L'HARMATTAN ITALIA
Via Degli Artisti 15; 10124 Torino
harmattan.italia@gmail.com

L'HARMATTAN HONGRIE
Könyvesbolt ; Kossuth L. u. 14-16
1053 Budapest

L'HARMATTAN KINSHASA
185, avenue Nyangwe
Commune de Lingwala
Kinshasa, R.D. Congo
(00243) 998697603 ou (00243) 999229662

L'HARMATTAN CONGO
67, av. E. P. Lumumba
Bât. – Congo Pharmacie (Bib. Nat.)
BP2874 Brazzaville
harmattan.congo@yahoo.fr

L'HARMATTAN GUINÉE
Almamya Rue KA 028, en face
du restaurant Le Cèdre
OKB agency BP 3470 Conakry
(00224) 657 20 85 08 / 664 28 91 96
harmattanguinee@yahoo.fr

L'HARMATTAN MALI
Rue 73, Porte 536, Niamakoro,
Cité Unicef, Bamako
Tél. 00 (223) 20205724 / +(223) 76378082
poudiougopaul@yahoo.fr
pp.harmattan@gmail.com

L'HARMATTAN CAMEROUN
BP 11486
Face à la SNI, immeuble Don Bosco
Yaoundé
(00237) 99 76 61 66
harmattancam@yahoo.fr

L'HARMATTAN CÔTE D'IVOIRE
Résidence Karl / cité des arts
Abidjan-Cocody 03 BP 1588 Abidjan 03
(00225) 05 77 87 31
etien_nda@yahoo.fr

L'HARMATTAN BURKINA
Penou Achille Some
Ouagadougou
(+226) 70 26 88 27

L'HARMATTAN SÉNÉGAL
10 VDN en face Mermoz, après le pont de Fann
BP 45034 Dakar Fann
33 825 98 58 / 33 860 9858
senharmattan@gmail.com / senlibraire@gmail.com
www.harmattansenegal.com

L'HARMATTAN BÉNIN
ISOR-BENIN
01 BP 359 COTONOU-RP
Quartier Gbèdjromèdé,
Rue Agbélenco, Lot 1247 I
Tél : 00 229 21 32 53 79
christian_dablaka123@yahoo.fr

Achevé d'imprimer par Corlet Numérique - 14110 Condé-sur-Noireau
N° d'Imprimeur : 125419 - Dépôt légal : janvier 2016 - *Imprimé en France*